魔法科高中的劣等生 17

The irregular at magic high school

師族會議篇〈上〉

佐島 勤
Tsutomu Sato
illustration／石田可奈
Kana Ishida
illustrator assistant／ジミー・ストーン、末永康子

葉山

四葉家的僕人

葉山 第一順位

監督一切的首席管家。

花菱 第二順位

主要管理武力調度。

紅林 第三順位

統括調校設施。

——— 以上為對內 以下為對外 ———

青木 第四順位

掌管財務。

黑田 第五順位

採用、延攬外部人材，管理村外的不動產。

白川 第六順位

輔佐葉山。妻子是侍女長。

木村 第七順位

代理村長，管理村內的不動產。

小原 第八順位

交通機動隊出身，管理對外的交通手段。

The irregular at magic high school

深雪一邊轉身一邊保持平衡，以免大腿上的便當盒掉落，
然後以自己的筷子夾起達也便當裡的炸物，
送到達也嘴邊。

「那我就不客氣了。」

達也不慌不忙地說完，
就主動轉頭咬住炸物，而且沒碰到深雪的筷子。
深雪的臉迅速變紅。
她連忙重新坐正看向大腿，然後打開自己的便當盒，
藉此把視線從達也身上移開。

司波深雪

達也的妹妹。就讀第一高中二年A班。擔任學生會會長的優等生。擅長冷卻魔法。擁有溺愛哥哥的「重度戀兄情結」。

「十師族會議成員」
一条剛毅
住在石川縣金澤。四十二歲。
表面職業是海洋資源開發公司社長。
一条家誕生自研發「預設為對人戰鬥時直接干涉生物體的魔法」的
魔法技能師開發第一研究所。
負責監護北陸與山陰地區。
二木舞衣
住在兵庫縣蘆屋。五十五歲。
表面職業是數間化學工業、食品工業公司的大股東。
二木家誕生自和第一研成對，研發「干涉無機物的魔法」的
魔法技能師開發第二研究所。
負責監護阪神與中國地區。
三矢元
住在神奈川縣厚木。五十三歲。
表面職業（不太確定是否能這麼形容）是跨國的小型兵器掮客。
三矢家誕生自研究「同時發動魔法的極限」的
魔法技能師開發第三研究所。
負責運用至今依然在運作的第三研。
The irregular at magic high school

四葉真夜
住在前長野縣與前山梨縣交界的某間祕密宅邸。四
四葉家誕生自研發「精神干涉魔法」的
魔法技能師開發第四研究所。
負責監護東海以及岐阜、長野地區。
五輪勇海
住在愛媛縣宇和島。四十九歲。
表面職業是海運公司的重鎮，實質上的老闆。
五輪家誕生自研發「干涉物質形狀的魔法」的
魔法技能師開發第五研究所。
負責監護四國地區。
六塚溫子
住在宮城縣仙台。二十九歲。
表面職業是地熱發電所挖掘公司的實質老闆。
六塚家誕生自研究「以魔法控制熱量」的魔法技能師開發第六研究所。
負責監護東北地區。
七草弘一
住在東京都。四十八歲。
為概念的魔法」的

「這樣嗎……謝謝妳，深雪。」
深雪的心情非常好。她應該還是很高興可以兩人單獨共進午餐吧。
「總之，先讓我吃吧。」
「好的，請用。」

「不然，也可以由我夾給您吃喔。」

「哥哥，您還沒吃午餐吧？請來這裡。」
深雪邀達也坐在她身旁的座位。
「原來妳幫我準備了便當？」
「是的，我想說今天應該需要。」
司波達也
司波兄妹中的哥哥。就讀第一高中二年E班。擔任學生會書記（長）。在乎的只有身為「守護者」該保護的深雪，除此之外達觀一切。

※住北海道、小笠原與沖繩方面，隸屬國防軍的魔法師具備強烈的地盤意識，不屬於十師族管轄。

表面職業是經營創業投資事業。
七草家是從第三研移轉到研發「以對集團戰鬥
魔法技能師開發第七研究所之後誕生的。
和十文字家一起負責監護包含伊豆的關東地區。

八代雷藏

住在福岡縣。三十一歲。
表面職業是大學講師以及數間通訊公司的大股東。
八代家誕生自研究「以魔法操作重力、電磁力與各種強弱不同的交互作用力」的魔法技能師開發第八研究所。
負責監護沖繩以外的九州地區。

九島真言

住在奈良縣生駒。六十四歲。
表面職業是各種軍需產業公司的股東、金主、債權人。
九島家誕生自研究「現代魔法與古式魔法的融合」等技術的魔法技能師開發第九研究所。
負責監護京都、奈良、滋賀、紀伊等地區。

十文字和樹

住在東京都。四十四歲。
表面職業是做國防軍生意的土木建設公司老闆。
十文字家誕生自研發「在空間產生虛擬結構物的領域魔法」作為防衛的魔法技能師開發第十研究所。
和七草家一起負責監護包含伊豆的關東地區。

部分插圖協助／魔法科高中製作委員會

背負某項缺陷的劣等生哥哥。
一切完美無瑕的優等生妹妹。
這對兄妹就讀魔法科高中之後，

風波不斷的每一天就此揭開序幕——

魔法科高中的劣等生 17

The irregular at magic high school

師族會議篇〈上〉

佐島 勤
Tsutomu Sato
illustration
石田可奈
Kana Ishida

Kadokawa Fantastic Novels

Character
登場角色介紹

司波達也

就讀於二年E班。
進入新設立的魔工科。
達觀一切。
妹妹深雪的「守護者」。

司波深雪

就讀於二年A班。達也的妹妹。
去年以首席成績入學的優等生。
擅長冷卻魔法。溺愛哥哥。

西城雷歐赫特

就讀於二年F班，達也的朋友。
二科生。擅長硬化魔法。
個性開朗。

千葉艾莉卡

就讀於二年F班，達也的朋友。
二科生。可愛的闖禍大王。

柴田美月

就讀於二年E班。
今年也和達也同班。
罹患靈子放射光過敏症。
有點少根筋的認真少女。

吉田幹比古

就讀於二年B班。今年起成為一科生。
出自古式魔法的名門。
從小就認識艾莉卡。

光井穗香

就讀於二年A班，深雪的同班同學。
擅長光波振動系魔法。
一旦擅自認定後就頗為一意孤行。

北山 雫

就讀於二年A班，深雪的同班同學。
擅長振動與加速系魔法。
情緒起伏鮮少展露於言表。

里美 昴

就讀於二年D班。
宛如美少年的少女。
個性開朗隨和。

英美・艾米莉雅・格爾迪・明智

就讀於二年B班，
隔代混血兒。
平常被稱為「艾咪」。
名門格爾迪家的子女。

櫻小路紅葉

就讀於二年B班，
昴與艾咪的朋友。
便服是哥德蘿莉風格。
喜歡主題樂園。

森崎 駿

就讀於二年A班，
深雪的同班同學。
擅長高速操作CAD。
身為一科生的自尊強烈。

十三束 鋼

就讀於二年E班。
別名「Range Zero」（射程距離零）。
「魔法格鬥武術」的高手。

七草真由美

畢業生。現在是魔法大學學生。
擁有令異性著迷的
小惡魔個性，
卻不擅長應付他人攻勢。

中条 梓

三年級。前任學生會會長。
生性膽小，個性畏首畏尾。

市原鈴音

畢業生。現在是魔法大學學生。
冷靜沉著的智慧型人物。

服部刑部少丞範藏

三年級。前任社團聯盟總長。
雖然優秀，卻有著過於正經的一面。

渡邊摩利

畢業生。真由美的好友。
各方面傾向好戰。

十文字克人

畢業生。現在升學至魔法大學。
達也形容為「如同巨巖般的人物」。

辰巳鋼太郎

畢業生。前任風紀委員。
個性豪爽。

關本 勳

畢業生。前任風紀委員。
論文競賽校內審查第二名。
犯下間諜行為。

澤木 碧

三年級。風紀委員。
對女性化的名字耿耿於懷。

桐原武明

三年級。劍術社成員。
關東劍術大賽
國中組冠軍。

五十里 啟

三年級。前任學生會會計。
魔法理論成績優秀。
千代田花音的未婚夫。

壬生紗耶香

三年級。劍道社成員。
劍道大賽國中女子組
全國亞軍。

千代田花音

三年級。前任風紀委員長。
和學姊摩利一樣好戰。

七草香澄

今年就讀
魔法科高中的「新生」。
七草真由美的妹妹，
泉美的雙胞胎姊姊。
個性活潑開朗。

七寶琢磨

擔任今年「新生」總代表的學生。
一科生。有力的魔法師家系
「師補十八家」之一
「七寶家」的長子。

七草泉美

今年就讀
魔法科高中的「新生」。
七草真由美的妹妹，
香澄的雙胞胎妹妹。
個性成熟穩重。

櫻井水波

今年就讀魔法科高中的「新生」。
立場是達也與深雪的表妹。
深雪的守護者候選人。

隅守賢人

就讀於一年G班的白種人少年。
父母從USNA歸化日本。

安宿怜美

第一高中保健醫生。
穩重溫柔的笑容
大受男學生歡迎。

廿樂計夫

第一高中教師。
擅長魔法幾何學。
論文競賽的負責人。

珍妮佛・史密斯

歸化日本的白種人。達也的班級
與魔法工學課程的指導教師。

小野 遙

第一高中的
綜合輔導老師。
生性容易被欺負，
卻有不為人知的另一面。

九重八雲

擅長古式魔法「忍術」。
達也的體術師父。

琵庫希

魔法科高中擁有的家事輔助機器人。
正式名稱是3H（Humanoid Home Helper：
人型家事輔助機械）P94型。

平河小春

畢業生。在去年以工程師身分
參加九校戰。
主動放棄參加論文競賽。

平河千秋

就讀於二年E班。
敵視達也。

千倉朝子

三年級。九校戰新項目
「堅盾對壘」的女子單人賽選手。

五十嵐亞實

畢業生。兩項競賽社前任社長。

五十嵐鷹輔

二年級。亞實的弟弟。
個性有些懦弱。

三七上凱利

三年級。九校戰「祕碑解碼」
正規賽的男生選手。

一条剛毅

將輝的父親。
十師族一条家現任當家。

一条將輝

第三高中的二年級學生。
今年也參加九校戰。
「十師族」一条家的
下任當家。

一条美登里

將輝的母親。
個性溫和，廚藝高明。

吉祥寺真紅郎

第三高中的二年級學生。
今年也參加九校戰。
以「始源喬治」的
別名眾所皆知。

一条 茜

一条家長女，將輝的妹妹。
今年就讀當地的名門私立中學。
心儀真紅郎。

一条瑠璃

一条家次女，將輝的妹妹。
我行我素，行事可靠。

北山 潮

雫的父親。企業界的大人物。
商業假名是北山潮。

北山紅音

雫的母親。曾以振動系魔法
聞名的A級魔法師。

牛山

FLT的CAD開發第三課主任。
受到達也的信任。

北山 航

雫的弟弟。小學六年級。
非常仰慕姊姊。
目標是成為魔工技師。

恩斯特・羅瑟

首屈一指的CAD製作公司
羅瑟魔工所日本分公司社長。

鳴瀨晴海

雫的表哥。國立魔法大學
附設第四高中的學生。

九島 烈

被譽為世界最強
魔法師之一的人物。
眾人尊稱為「宗師」。

九島真言

日本魔法界長老九島烈的兒子，
九島家現任當家。

九島光宣

真言的兒子。
雖是國立魔法大學附設
第二高中的一年級學生，
但因為經常生病幾乎沒上學。
和藤林響子是同母異父的姊弟。

九鬼 鎮

服從九島家的師補十八家之一。
尊稱九島烈為「老師」。

小和村真紀

實力足以在著名電影獎
入圍最佳女主角的女星。
不只是美貌，演技也得到認同。

千葉壽和

千葉艾莉卡的大哥。
警察省國家公務員。
乍看之下像是
遊手好閒的人。

千葉修次

千葉艾莉卡的二哥。
摩利的男友。
具備千刃流劍術
免許皆傳資格。
別名「千葉的麒麟兒」。

稻垣

警察省的巡查部長。
千葉壽和的部下。

安娜・羅瑟・鹿取

艾莉卡的母親。日德混血兒，
曾是艾莉卡的父親——
千葉家當家的「小妾」。

風間玄信

陸軍101旅
獨立魔裝大隊隊長。
階級為少校。

周公瑾

安排大亞聯盟的呂與陳
來到橫濱的俊美青年。
在中華街活動的神秘人物。

真田繁留

陸軍101旅
獨立魔裝大隊幹部。
階級為上尉。

陳祥山

大亞聯軍
特殊作戰部隊隊長。
為人心狠手辣。

藤林響子

擔任風間副官的
女性軍官。階級為少尉。

呂剛虎

大亞聯軍特殊作戰部隊的
王牌魔法師。
別名「食人虎」。

佐伯廣海

國防陸軍101旅旅長。階級為少將。
獨立魔裝大隊隊長風間玄信的長官。
外貌使她擁有「銀狐」的別名。

鈴

森崎拯救的少女。
全名是「孫美鈴」。
香港國際犯罪組織
「無頭龍」的新領袖。

柳 連

陸軍101旅
獨立魔裝大隊幹部。
階級為上尉。

山中幸典

陸軍101旅獨立魔裝大隊幹部。
少校軍醫，一級治癒魔法師。

酒井

國防陸軍總司令部軍官，階級為上校。
被視為反大亞聯盟的強硬派。

四葉真夜

達也與深雪的姨母。
深夜的雙胞胎妹妹。
四葉家現任當家。

司波深夜

達也與深雪的母親。已故。
唯一擅長精神構造干涉魔法的
魔法師。

葉山

服侍真夜的高齡管家。

櫻井穗波

深夜的「守護者」。已故。
受到基因操作，強化魔法天分
而成的調整體魔法師
「櫻」系列第一代。

新發田勝成

原為四葉家下任當家候選人
之一。為防衛省職員，
第五高中的校友。
擅長聚合系魔法。

司波小百合

達也與深雪的後母。
厭惡兩人。

堤 琴鳴

新發田勝成的守護者。
調整體「樂師系列」的第二代。
對於聲音相關魔法
擁有相當高的素質。

津久葉夕歌

原為四葉家下任當家候選人之一。
曾擔任第一高中學生會副會長。
現在是魔法大學四年級學生，
擅長精神干涉系魔法。

堤 奏太

新發田勝成的守護者。
調整體「樂師系列」的
第二代。為琴鳴的弟弟，
和她一樣對於聲音相關魔法
擁有相當高的素質。

安潔莉娜・庫都・希爾茲

USNA魔法師部隊「STARS」的總隊長。
階級是少校。暱稱是莉娜。
也是戰略級魔法師「十三使徒」之一。

瓦吉妮雅・巴藍斯

USNA統合參謀總部情報部內部監察局第一副局長。
階級是上校。來到日本支援莉娜。

希兒薇雅・瑪裘利・法斯特

USNA魔法師部隊「STARS」的行星級魔法師。階級是准尉。
暱稱是希兒薇，姓氏來自軍用代號「第一水星」。
在日本執行作戰時，擔任希利鄔斯少校的輔佐。

班哲明・卡諾普斯

USNA魔法師部隊「STARS」的第二把交椅。
階級是少校。希利鄔斯少校不在時的
代理總隊長。

米卡艾拉・弘格

USNA派到日本的間諜
（正職是國防總署的魔法研究人員）。
暱稱是米亞。

克蕾雅

獵人Q——沒能成為「STARS」的
魔法師部隊「STARDUST」的女兵。
Q意味著追蹤部隊的第17順位。

瑞琪兒

獵人R——沒能成為「STARS」的
魔法師部隊「STARDUST」的女兵。
R意味著追蹤部隊的第18順位。

亞弗列德・佛瑪浩特

USNA魔法師部隊「STARS」的一等星魔法師。
階級是中尉。暱稱是弗列迪。
逃離STARS。

查爾斯・沙立文

USNA魔法師部隊「STARS」的衛星級魔法師。
別名「第二魔星」。
逃離STARS。

雷蒙德・S・克拉克

雫留學的USNA柏克萊某高中的同學。
是名動不動就主動和雫示好的白人少年。
真實身分是「七賢人」之一。

顧 傑

「七賢人」之一。別名紀德・黑顧，
大漢軍方術士部隊的倖存者。

黑羽 貢

司波深夜、四葉真夜的表弟。
亞夜子、文彌的父親。

黑羽亞夜子

達也與深雪的從表妹。
和弟弟文彌是雙胞胎。
第四高中的學生。

黑羽文彌

原為四葉下任當家候選人。
達也與深雪的從表弟。
和姊姊亞夜子是雙胞胎。
第四高中的學生。

七草弘一

真由美的父親，七草家當家。
也是超一流的魔法師。

名倉三郎

受僱於七草家的強力魔法師。
主要擔任真由美的貼身護衛。

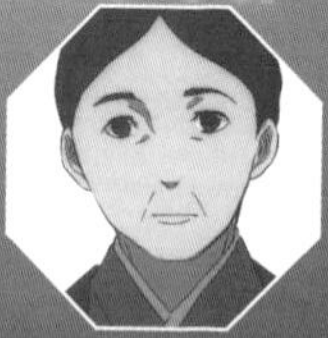

二木舞衣

十師族「二木家」當家。住在兵庫縣蘆屋。
表面職業是數間化學工業、食品工業公司的大股東。
負責監護阪神與中國地區。

三矢元

十師族「三矢家」當家。住在神奈川縣厚木。
表面職業（不太確定是否能這麼形容）
是跨國的小型兵器掮客。
負責運用至今依然在運作的第三研。

五輪勇海

十師族「五輪家」當家。住在愛媛縣宇和島。
表面職業是海運公司的高層，實質上的老闆。
負責監護四國地區。

六塚溫子

十師族「六塚家」當家。住在宮城縣仙台。
表面職業是地熱發電所挖掘公司的實質老闆。
負責監護東北地區。

八代雷藏

十師族「八代家」當家。住在福岡縣。
表面職業是大學講師以及數間通訊公司的大股東。
負責監護沖繩以外的九州地區。

十文字和樹

十師族「十文字家」當家。住在東京都。
表面職業是做國防軍生意的土木建設公司老闆。
和七草家一起負責監護包含伊豆的關東地區。

部分插圖協助／魔法科高中製作委員會

Glossary
用語解說

魔法科高中

國立魔法大學附設高中的通稱，全國總共設立九所學校。
其中的第一至第三高中，每學年招收兩百名學生，
並且分為一科生與二科生。

花冠、雜草

第一高中用來形容一科生與二科生階級差異的隱語。
一科生制服的左胸口繡著以八枚花瓣組成的徽章，
不過二科生制服沒有。

一科生的徽章

CAD

簡化魔法發動程序的裝置，
內部儲存使用魔法所需的程式。
分成特化型與泛用型，外型也是各有不同。

司波達也的CAD

司波深雪的CAD

Four Leaves Technology〔FLT〕

國內一家CAD製造公司。
原本該公司製造的魔法工學零件比成品有名，
但在開發「銀式」之後，
搖身一變成為知名的CAD製造公司。

托拉斯・西爾弗

短短一年就讓特化型CAD的軟體技術進步十年，
而為人所稱頌的天才技師。

Eidos〔個別情報體〕

原為希臘哲學用語。在現代魔法學，個別情報體指的是
「伴隨事物現象而來的情報」，是「事象」曾經存在於
「世界」的記錄，也可以說是「事象」留在「世界」的足跡。
依照現代魔法學的定義，「魔法」就是修改個別情報體，
藉以改寫個別情報體所代表的「事象」的技術。

Idea〔情報體次元〕

原為希臘哲學用語。在現代魔法學，情報體次元指的是「用來記錄個別情報體的平台」。
魔法的原始形態，就是將魔法式輸入這個名為「情報體次元」的平台，
改寫平台裡「個別情報體」的技術。

啟動式

為魔法的設計圖，用來構築魔法的程式。
啟動式的資料檔案，是以壓縮形式儲存在CAD，魔法師輸入想子波展開程式之後，
啟動式會依照資料內容轉換為訊號，並且回傳給魔法師。

想子

位於靈異現象次元的非物質粒子，記錄認知與思考結果的情報元素。
成為現代魔法理論基礎的「個別情報體」，成為現代魔法骨幹的「啟動式」和
「魔法式」技術，都是由想子建構而成。

靈子

位於靈異現象次元的非物質粒子。雖然已經確認其存在，但是形態與功能尚未解析成功。
一般的魔法師，頂多只能「感覺到」活化狀態的靈子。

魔法師

「魔法技能師」的簡稱。能將魔法施展到實用等級的人，統稱為魔法技能師。

魔法式

用來暫時改變伴隨事物現象而來的情報之情報體。由魔法師持有的想子構築而成。

魔法演算領域

構築魔法式的精神領域，也就是魔法資質的主體。該處位於魔法師的潛意識領域，魔法師平常可以意識到魔法演算領域並且使用，卻無法意識到內部的處理過程。對魔法師本人來說，魔法演算領域也堪稱是個黑盒子。

魔法式的輸出程序

❶從CAD接收啟動式，這個步驟稱為「讀取啟動式」。
❷在啟動式加入變數，送入魔法演算領域。
❸依照啟動式與變數構築魔法式。
❹將構築完成的魔法式，傳送到潛意識領域最上層暨意識領域最底層的「基幹」，從意識與潛意識之間的「閘門」輸出到情報體次元。
❺輸出到情報體次元的魔法式，會干涉指定座標的個別情報體進行改寫。

「實用等級」魔法師的標準，是在施展單一系統暨單一工序的魔法時，於半秒內完成這些程序。

魔法的評價基準（魔法力）

構築想子情報體的速度是魔法的處理能力、
構築情報體的規模上限是魔法的容納能力、
魔法式改寫個別情報體的強度是魔法的干涉能力，
這三項能力總稱為魔法力。

始源碼假說

主張「加速、加重、移動、振動、聚合、發散、吸收、釋放」四大系統八大種類的魔法，各自擁有正向與負向共計十六種基礎魔法式，以這十六種魔法式搭配組合，就能構築所有系統魔法的理論。

系統魔法

歸類為四大系統八大種類的魔法。

系統外魔法

並非操作物質現象，而是操作精神現象的魔法統稱。
從使喚靈異存在的神靈魔法、精靈魔法，或是讀心、靈魂出竅、意識操控等，包括的種類琳琅滿目。

十師族

日本最強的魔法師集團。一条、一之倉、一色、二木、二階堂、二瓶、三矢、三日月、四葉、五輪、五頭、五味、六塚、六角、六鄉、六本木、七草、七寶、七夕、七瀨、八代、八朔、八幡、九島、九鬼、九頭見、十文字、十山共二十八個家系，每四年召開一次「十師族甄選會議」，選出的十個家系就稱為「十師族」。

含數家系

如同「十師族」的姓氏有一到十的數字，「百家」之中的主流家系姓氏也有十一以上的數字，例如「『千』代田」、「『五十』里」、「『千』葉」家。
數字大小不代表實力強弱，但姓氏有數字就代表血統純正，可以作為推測魔法師實力的依據之一。

失數家系

亦被簡稱「失數」，是「數字」遭受剝奪的魔法師族群。
昔日魔法師被視為兵器暨實驗樣本的時候，評定為「成功案例」得到數字姓氏的魔法師，要是沒有立下「成功案例」應有的成績，就得接受這樣的烙印。

各式各樣的魔法

● 悲嘆冥河
凍結精神的系統外魔法。凍結的精神無法命令肉體死亡，
中了這個魔法的對象，肉體將會隨著精神的「靜止」而停止、僵硬。
依照觀測，精神與肉體的相互作用，也可能導致部分肉體結晶化。

● 地鳴
以獨立情報體「精靈」為媒介振動地面的古式魔法。

● 術式解散
把建構魔法的魔法式，分解為構造無意義的想子粒子群的魔法。
魔法式作用於伴隨事象而來的情報體，基於這種性質，魔法式的情報結構一定會曝光，無法防止外力進行干涉。

● 術式解體
將想子粒子群壓縮成塊，不經由情報體次元直接射向目標物引爆，摧毀目標物的啟動式或魔法式這種紀錄魔法的想子情報體，屬於無系統魔法。
即使歸類為魔法，但只是一種想子砲彈，結構不包含改變事象的魔法式，因此不受情報強化或領域干涉的影響。此外，砲彈本身的壓力也足以反彈演算干擾的影響。由於完全沒有物理作用力，任何障礙物都無法防堵。

● 地雷原
泥土、岩石、砂子、水泥，不拘任何材質，
總之只要是具備「地面」概念的固體，就能施以強力振動的魔法。

● 地裂
由獨立情報體「精靈」為媒介，以線形壓潰地面，
使地面乍看之下彷彿裂開的魔法。

● 乾冰雹暴
聚集空氣中的二氧化碳製作成乾冰粒，
將凍結過程剩餘的熱能轉換為動能，高速射出乾冰粒的魔法。

● 迅襲雷蛇
在「乾冰雹暴」製造乾冰顆粒時，凝結乾冰氣化產生的水蒸氣，
溶入二氧化碳氣體使其形成高導電霧，再以振動系與釋放系魔法產生摩擦靜電。以溶入碳酸的水霧或水滴為導線，朝對方施展電擊的組合魔法。

● 冰霧神域
振動減速系廣域魔法。冷卻大容積的空氣並操縱其移動，
造成廣範圍的凍結效果。
簡單來說，就像是製造超大冰箱一樣。
發動時產生的白霧，是在空中凍結的冰或乾冰。
但要是提升層級，有時也會混入凝結為液態氮的霧。

● 爆裂
將目標物內部液體氣化的發散系魔法。
如果是生物就是體液氣化導致身體破裂，
如果是以內燃機為動力的機械就是燃料氣化爆炸。
燃料電池也不例外。即使沒有搭載可燃的燃料，無論是電池液、油壓液、冷卻液或潤滑液，世間沒有機械不搭載任何液體，因此只要「爆裂」發動，幾乎所有機械都會毀損而停止運作。

● 亂髮
不是指定角度改變風向，而是為了造成「絆腳」的含糊結果操作氣流，以極接近地面的氣流促使草葉纏住對方雙腳的古式魔法。只能在草長得夠高的原野使用。

魔法技能師開發研究所

西元二〇三〇年代，日本政府因應第三次世界大戰當前而緊張化的國際情勢，接連設立開發魔法師的研究所。研究目的不是開發魔法，始終是開發魔法師，為了製造出最適合使用所需魔法的魔法師，基因改造也在研究範圍。

魔法技能師開發研究所設立了第一至第十共十所，至今依然有五所運作中。

各研究所的細節如下所述：

魔法技能師開發第一研究所

二〇三一年設立於金澤市，現在已關閉。

開發主題是進行對人戰鬥時直接干涉生物體的魔法。氣化魔法「爆裂」是衍生形態之一。不過，操作人體動作的魔法可能會引發傀儡攻擊（操作他人進行的自殺式恐怖攻擊），因此禁止研發。

魔法技能師開發第二研究所

二〇三一年設立於淡路島，運作中。

和第一研的主題成對，開發的魔法是干涉無機物的魔法。尤其是關於氧化還原反應的吸收系魔法。

魔法技能師開發第三研究所

二〇三二年設立於厚木市，運作中。

目的是開發出能獨力應付各種狀況的魔法師，致力於多重演算的研究。尤其竭力實驗測試可以同時發動、連續發動的魔法數量極限，開發可以同時發動複數魔法的魔法師。

魔法技能師開發第四研究所

詳情不明，推測位於前東京都與前山梨縣的界線附近，設立時間則估計是二〇三三年。現在宣稱已經關閉，而實際狀況也不明。只有前第四研不是由政府，是對國家具備強大影響力的贊助者設立。傳聞現在該研究所從國家獨立出來，接受贊助者的支援繼續運作，也傳聞該贊助者實際上從二〇二〇年代之前就經營著該研究所。

據說其研究目標是試圖利用精神干涉魔法，強化「魔法」這種特異能力的源泉，也就是魔法師潛意識領域的魔法演算領域。

魔法技能師開發第五研究所

二〇三五年設立於四國的宇和島市，運作中。

研究的是干涉物質形狀的魔法。主流研究是技術難度較低的流體控制，但也成功研究出干涉固體形狀的魔法。其成果就是和USNA共同開發的「巴哈姆特」。加上流體干涉魔法「深淵」，該研究所開發出兩個戰略級魔法，是國際聞名的魔法研究機構。

魔法技能師開發第六研究所

二〇三五年設立於仙台市，運作中。

研究如何以魔法控制熱量。和第八研同樣偏向是基礎研究機構，相對的缺乏軍事色彩。不過除了第四研，據說在魔法技能師開發研究所之中，第六研進行基因改造實驗的次數最多（第四研實際狀況不明）。

魔法技能師開發第七研究所

二〇三六年設立於東京，現在已關閉。

主要開發反集團戰鬥用的魔法，群體控制魔法為其成果。第六研的軍事色彩不強，促使第七研成為兼任戰時首都防衛工作的魔法師開發研究設施。

魔法技能師開發第八研究所

二〇三七年設立於北九州市，運作中。

研究如何以魔法操作重力、電磁力與各種強弱不同的交互作用力。基礎研究機構的色彩比第六研更濃厚，但是和國防軍關係密切，這一點和第六研不同。部分原因在於第八研的研究內容很容易連結到核武開發，在國防軍的保證之下，才免於被質疑暗中開發核武。

魔法技能師開發第九研究所

二〇三七年設立於奈良市，現在已關閉。

研究如何將現代魔法與古式魔法融合，試圖藉由讓現代魔法吸收古式魔法的相關知識，解決現代魔法不擅長的各種課題（例如模糊不明確的術式操作）。

魔法技能師開發第十研究所

二〇三九年設立於東京，現在已關閉。

和第七研同樣兼具防衛首都的目的，研究如何在空間產生虛擬結構物的領域魔法，作為遭遇高火力攻擊的防禦手段。各式各樣的反物理護壁魔法為其成果。

此外，第十研試圖使用不同於第四研的手段激發魔法能力。具體來說，他們致力開發的魔法師並非強化魔法演算領域本身，而是能讓魔法演算領域暫時超頻，因應需求使用強力的魔法。但是成功與否並未公開。

除了上述十間研究所，開發元素家系的研究所從二〇一〇年代運作到二〇二〇年代，但現今全部關閉。此外，國防軍在二〇〇二年設立直屬於陸軍總司令部的祕密研究機構，至今依然獨自進行研究。九島烈加入第九研之前，都在這個研究機構接受強化處置。

魔法劍

使用魔法的戰鬥方式，除了以魔法本身為武器作戰，還有以魔法強化、操作武器的技術。
以魔法配合槍、弓箭等射擊武器的術式為主流，不過在日本，劍技與魔法組合而成的「劍術」也很發達。
現代魔法與古式魔法兩種領域，都開發出堪稱「魔法劍」的專用魔法。

1.高頻刃

高速振動刀身，接觸物體時傳導超越分子結合力的振動，將固體局部液化之後斬斷的魔法。和防止刀身自我毀壞的術式配套使用。

2.壓斬

使劍尖朝揮砍方向的水平兩側產生排斥力，將劍刃接觸的物體像是左右推壓般割斷的魔法。排斥力場細得未滿一公釐，強度卻足以影響光波，因此從正面看劍尖是一條黑線。

3.童子斬

被視為源氏祕劍而相傳至今的古式魔法。遙控兩把刀再加上手上的刀，以三把刀包圍對手並同時砍下的魔法劍技。以同音的「童子斬」隱藏原本「同時斬」的意義。

4.斬鐵

千葉一門的祕劍。不是將刀視為鋼塊或鐵塊，而是定義為「刀」這種單一概念，依循魔法式所設定的刀路而動的移動系統魔法。被定義為單一概念的「刀」如同單分子結晶之刃，不會折斷、彎曲或缺角，將會沿著刀路劈開所有物體。

5.迅雷斬鐵

以專用武裝演算裝置「雷丸」施展的「斬鐵」進化型。將刀與劍士定義為單一集合概念，因此從接觸敵人到出招的一連串動作，都能毫無誤差地高速執行。

6.山怒濤

以全長一八〇公分的大型專用武器「大蛇丸」所施展的千葉一門的祕劍。將己身與刀的慣性減低到極限並高速接近對手，在交鋒瞬間將至今消除的慣性疊加，提升刀身慣性後砍向對方。這股偽造的慣性質量和助跑距離成正比，最高可達十噸。

7.薄翼蜻蜓

將奈米碳管編織為厚度十億分之五公尺的極致薄膜，再以硬化魔法固定為全平面而化為刀刃的魔法。薄翼蜻蜓製成的刀身比任何刀劍或剃刀都要銳利，但術式不支援揮刀動作，因此術士必須具備足夠的刀劍造詣與臂力。

戰略級魔法師——十三使徒

現代魔法是在高度科技之中培育而成，因此能開發強力軍事魔法的國家有限，導致只有少數國家能開發匹敵大規模破壞兵器的戰略級魔法。

不過，開發成功的魔法會提供給同盟國，高度適合使用戰略級魔法的同盟國魔法師，也可能被認證為戰略級魔法師。

在2095年4月，各國認定適合使用戰略級魔法，並且對外公開身分的魔法師共十三名。他們被稱為「十三使徒」，公認是世界軍事平衡的重要因素。

十三使徒的國籍、姓名與戰略級魔法名稱如下所述：

USNA

安吉．希利鄔斯：「重金屬爆散」
艾里歐特．米勒：「利維坦」
羅蘭．巴特：「利維坦」
※其中只有安吉．希利鄔斯任職於STARS。艾里歐特．米勒位於阿拉斯加基地，羅蘭．巴特位於國外的直布羅陀基地，兩人基本上不會出動。

新蘇維埃聯邦

伊果．安德烈維齊．貝佐布拉佐夫：
「水霧炸彈」
列昂尼德．肯德拉切科：
「大地紅軍」
※肯德拉切科年事已高，基本上不會離開黑海基地。

大亞細亞聯盟

劉雲德：「霹靂塔」
※劉雲德已於2095年10月31日的對日戰鬥中戰死。

印度、波斯聯邦

巴拉特．錢德勒．坎恩：
「神焰沉爆」

日本

五輪 澪：「深淵」

巴西

米吉爾．迪亞斯：「同步線性融合」
※魔法式為USNA提供。

英國

威廉．馬克羅德：「臭氧循環」

德國

卡拉．施米特：「臭氧循環」
※臭氧循環的原型，是分裂前的歐盟因應臭氧層破洞而共同研發的魔法。後來由英國完成，依照協定向前歐盟各國公開魔法式。

土耳其

阿里．夏亨：「巴哈姆特」
※魔法式為USNA與日本所共同開發完成，由日本主導提供。

泰國

梭姆．查伊．班納克：「神焰沉爆」
※魔法式為印度、波斯聯邦提供。

The International Situation

2096年現在的世界情勢

以全球寒冷化為直接契機的第三次世界大戰——二十年世界連續戰爭大幅改寫了世界地圖。世界現狀如下所述：

USA合併加拿大以及墨西哥到巴拿馬等各國，組成北美利堅大陸合眾國（USNA）。

俄羅斯再度吸收烏克蘭與白俄羅斯，組成新蘇維埃聯邦（新蘇聯）。

中國征服緬甸北部、越南北部、寮國北部以及朝鮮半島，組成大亞細亞聯盟（大亞聯盟）。

印度與伊朗併吞中亞各國（土庫曼、烏茲別克、塔吉克、阿富汗）以及南亞各國（巴基斯坦、尼泊爾、不丹、孟加拉、斯里蘭卡），組成印度、波斯聯邦。

亞洲阿拉伯其餘國家，分區締結軍事同盟，對抗新蘇聯、大亞聯盟以及印度、波斯聯邦三大國。

澳洲選擇實質鎖國。

歐洲整合失敗，以德國與法國為界分裂為東西兩側。東歐與西歐也沒能各自整合為單一國家，團結力甚至不如戰前。

非洲各國半數完全消滅，倖存的國家也只能勉強維持都市周邊的統治權。

南美除了巴西，都處於地方政府各自為政的小國分立狀態。

The irregular at magic high school

〔1〕

西元二〇九七年一月二日，魔法協會在正月首三日來到中間點時傳來的這個消息，對「相關人士」造成強烈的震撼。

發布人是十師族四葉家當家——四葉真夜。

內容是指名四葉家下任當家，以及決定了下任當家的訂婚對象。

這意味著四葉家開始改朝換代。被指名為下任當家的是司波深雪，被選為訂婚對象的是司波達也——即使不認識這兩人，這個大新聞也令世人預料日本魔法界將進入新時代。

不過，對於認識達也與深雪的人來說，這個新聞不只令他們對於「新時代」感受到不安與期待這種模糊的心情，而是更具體的打擊。不僅兩人實際上是四葉家（就某種意義上是如此）的直系後代這個事實，連他們和四葉家的關係也完全遭到隱瞞。所以對他們兩兄妹抱持友情、競爭心或是更強烈情感的少年少女們會將這個消息視為「青天霹靂」，或許是理所當然。

十師族一条家的長男一条將輝，也是大受打擊的其中一人。

◇◇◇

一月二日下午四點，拜完年回家的將輝才進門沒多久，就被父親叫去客廳。

將輝的父親剛毅難得這個時間就在家。他平常總是在經營表面上的家業，在海底資源採掘公司的各個現場四處奔走，不然就是監督一条家旗下魔法師的訓練，沒到晚餐時間就不會回家。不過在正月首三日這段期間，他必須以一条家當家的身分接受各方拜會。無論他本人是否願意，待在家裡也是當家的義務。

在一条家的宅邸，家人用的區域是西式，招待客人用的區域是武士宅邸風格的日式建築，而從玄關前往和式客廳必須行經一條長長的迴廊。

將輝抵達父親等待的客廳門前以後，並沒有突然拉開紙門入內，而是跪在木板走廊上。

「我是將輝。」

「喔，進來吧。」

紙門後面傳來豪爽的回應。這個聲音和有貴公子氣息的將輝不太像，講難聽一點是粗野，講好聽一點是剽悍。不過相對的，無論音量大小，這道聲音都具備震撼身體深處的奇妙力道。

「打擾了。」

將輝就這麼跪著打開紙門，入內後再跪下關上紙門。雖然父子之間使用這種態度太過恭敬，但將輝很適合這種合乎禮節的行為。

反觀父親剛毅，即使身穿繡著花紋的短外褂加褲裙的日式禮服，雙腿卻沒有好好跪坐，手肘也撐在扶手上。他的穿著彷彿昭和後期流行的時代劇裡的「殿下」，可是散發出的氣息卻令人能夠接受他如此放鬆。

將輝坐在父親面前。這對父子長得不太像。眾人公認一条家的兒子與女兒都像母親，這很明顯是毫無虛假的事實。

今年滿四十二歲的剛毅，其外貌只能以「陽剛」一詞形容。全身曬得黝黑的肌膚令人不禁想稱讚，剃短的頭髮也被豔陽曬得褪為茶褐色。他的風貌很符合自身年齡，派頭十足。相對的，和年齡不符，感覺不到衰老徵兆的軀體盡是緊實的肌肉，感覺比起強壯更像是精實。他的五官也很端正，但一點都不秀氣，只給人強烈的粗獷印象。

「總之，你放輕鬆點吧。」

面對坐姿一絲不苟的兒子，剛毅一開口就對他這麼說。

「那我就不客氣了。」

為了拜年而穿上正裝（學生的正裝是制服）的將輝聽從父親的建議放鬆雙腿。剛毅生性不喜歡拘謹的禮儀，但是公私分明。以十師族一条家當家的身分行動時，他可以表現出合適的言行舉止。將輝知道，既然他對兒子說「放輕鬆」，就代表他不是以一条家主人的身分，而是以父親的身分找將輝過來。

「將輝，雖然到了你這個年紀，應該很難開口對父母說這種事，但你老實回答我。」

「怎麼了，這麼鄭重？」

剛毅難得會講這種開場白。他平常都是表裡如一，直言不諱。而且講話的對象是他自己的兒子，將輝會感到疑惑也是理所當然。

不過，將輝的從容也只能維持到這一刻。

「總之老實回答我。你認識司波深雪這個女孩吧？」

「為……為什麼老爸要問我這個啊？」

光是將輝慌張的聲音，就等於是對這個問題回以肯定的答覆。

「將輝，你到底認不認識？」

然而剛毅卻再度詢問將輝。不知道他是不擅推測，還是希望將輝明確回答。

「……認識。」

這時候，將輝還不知道父親真正的意圖。但他察覺父親會一直問相同的問題直到他回答，只好認命點頭。

「在何時何地認識的？」

為何非得回答老爸這種問題不可？將輝好想如此大喊。這句話已經來到喉頭，但在即將化為聲音的前一刻，將輝又覺得抗議毫無意義而認命。他的父親個性強硬，卻不是沒神經的粗人。

「在上上次的九校戰。我在賽前交誼晚會知道她這個人，在賽後的交流舞會認識她。」

「所以一開始是你單方面注意到她是嗎？既然她接受你的邀舞，至少應該不討厭你。」

明明只提供最少的情報，父親卻一語道破當時的狀況，使將輝感覺臉頰發燙。然而這還只是觀望情勢的刺拳罷了。

「所以，你喜歡深雪小妹嗎？」

剛毅迅速揮出這記強力直拳，讓將輝差點被打到昏迷。

「這……這究竟是什麼意思……？」

「我在問你是不是喜歡她。」

「所以我為什麼非得被老爸問到這種問題不可啊！」

將輝拚命用他因太過慌張而打結的舌頭大喊。這次他終於忍不住如此喊出來了。

「約三十分鐘前，四葉透過魔法協會捎來了一則訊息。」

另一頭的剛毅則以沉重語氣回答兒子的問題。他絕對不是在消遣或捉弄兒子的戀情。

「四葉？」

將輝也立刻感覺到這一點。剛毅的語氣，以及他說出的「四葉」這個名字，冷卻了將輝差點沸騰的意識。

「四葉究竟找我們一条家有什麼事？」

「不是對我們家，是對十師族、師補十八家以及部分百家，也就是日本魔法界的主要各家。總之，就是類似一種問候。」

「問候？總不可能是那個冷漠的四葉家送拜年的訊息過來吧？他們究竟說了什麼？」

將輝與剛毅觀察彼此的雙眼。將輝確認父親即將告知的話語毫無虛假，剛毅也確認兒子已經準備好接受任何事實。

「四葉家指名第一高中二年級的司波深雪為下任當家。」

「司波同學是……四葉家的……下任當家……？」

將輝即使做好心理準備，依然完全亂了分寸。深雪是「那個」四葉家的人，而且血統純正到會被指名為下任當家。作夢都沒想到的這個事實大幅撼動將輝的心。

剛毅以帶有強烈光芒的視線捕捉將輝的雙眼。將輝拉回差點漂流而去的意識，以聆聽父親後續的話語。

然而在這之後，卻又有更強烈的震撼襲擊了將輝的意識。

「將輝，四葉指名司波深雪為下任當家，且宣布司波深雪和她的表哥司波達也訂婚。」

「司波同學訂婚……？」

將輝茫然低語。但他茫然自失的時間只有一瞬間。

「表哥？司波同學與司波達也應該是親兄妹才對啊！」

剛毅微微點頭回應兒子這句詢問。

「這方面我也確認了。他們兩人至今確實是兄妹，但實際上似乎是表兄妹。」

「似乎？」

將輝內心依然大為慌亂，但還是有將父親的話聽進去，並察覺到突兀的部分。

「司波達也是以四葉真夜的冷凍卵子進行人工授精生下來的，所以是她的兒子。對方還貼心地附上了在去年底修正的戶籍資料。」

剛毅抱持質疑地扔下這番話。

「確實不是不可能。至少沒有證據斷定四葉閣下說謊。不過，卻也沒證據證實四葉閣下說的是真的。」

「老爸認為……四葉在說謊？」

將輝的聲音聽起來像是在尋求依靠。

「這件事在這時候不是重點。」

但是剛毅冷言冷語地斥責兒子。

「無論他們是兄妹還是表兄妹，同樣是近親結婚。魔法師的基因是國家財產，魔法師們應該避免可能造成損失的近親結婚。對國家負有責任的十師族自然應該依循這個準則。」

將輝將不知不覺放鬆的雙腿併攏，端正坐姿。

「不過這始終是四葉家自己決定的事情，外人不能只因為有這個可能性就插嘴介入。正因如此，將輝，我問你——你喜歡司波深雪嗎？你心儀她嗎？」

剛毅像是會射穿人的視線直盯著將輝。他的目光強烈得即使是剽悍的海上男兒，也會不禁畏縮。但是將輝沒有任何理由害怕。

「嗯。我心儀司波同學。一見鍾情。」

將輝沒有任何理由對自己的心意感到愧疚。

「這樣啊。」

對於兒子光明正大地坦承，剛毅滿意地點頭。

「那麼我身為父親，就要成就你這份心意。別擔心，一条家由茜繼承就好，你儘管放下顧慮入贅去吧。」

「老爸？」

將輝確實有自信自己是真的愛上深雪，深信自己的這份心意是真的。

「這下得先阻止這次的婚約才行。為此，也需要傳達我們的想法吧？」

「老爸，等一下！」

但將輝認為，如果在自己向對方表明心意之前，就由家長告知兒子的情感的話，絕對是錯誤的做法。

「現在哪有時間空等，對方已經對外發表婚約了啊。」

不過剛毅以彷彿說著「你這個窩囊兒子」的眼神當機立斷後，將輝便知道父親的說法合理，因此無法再多說什麼。

◇◇◇

一月三日。一条家透過魔法協會，向四葉家昨天發給含數家系主力各家的婚約告知，提出了異議。

對這項異議最感興趣的不是當事人四葉家，是七草家當家七草弘一。

弘一將一条剛毅對魔法協會提出的意見書顯示在電子紙上，露出淺淺的笑容。

（行事還是一樣大膽呢……）

弘一與剛毅是從青年時期就認識的老交情。但是兩人並非和睦的朋友，卻也不是水火不容。弘一與剛毅個性呈現對比，反而令兩人保持適度的距離。「若即若離的交情」應該是最適合形容兩人關係的話語。

兩人年齡差了一截，也是性格差異沒造成敵對關係的主因。如果以學年為基準，弘一比剛毅大六屆。兩人初遇的時候，弘一是大學生，而剛毅則是國中生。可能是因為如此，弘一內心某處對剛毅的印象是「老給人添麻煩的調皮小弟」，提不起勁認真和他敵對。關於這次提出的異議，弘一也覺得「他又在亂來了」。

（明明要是走錯一步，會受到批判的交叉砲火攻擊的是一条家啊……）

十師族彼此是對等的同盟關係，無權介入對方的家務事。就算有「寶貴的基因資產可能因為近親結婚受損」這種理直氣壯的理由，依然不許插手他人私下決定的婚約。

不過，如果自己也是這件私事的當事人就另當別論了。

這次，一条家當家並非單純反對四葉家下任當家的婚約。一条家反對母親是同卵雙胞胎的近親表兄妹訂婚，同時也向四葉家申請由一条家長子一条將輝和四葉家下任當家司波深雪訂婚。

向已經訂婚的對象提親——照常理來想，這等同愛上有夫之婦的橫刀奪愛。不過在這種狀況下有「迴避優秀魔法師基因受損的危險性」的藉口可用。

一条家真正的用意是妨礙四葉家下任當家的婚約？還是支援兒子的戀情？弘一無從知曉。不對，若是弘一，他不可能為了孩子的戀情冒這種風險，但他認識的剛毅卻有可能這麼做。

（不過這種事在這時候不重要。）

弘一早已知道被指名為四葉家下任當家的司波深雪，以及被選為未婚夫的司波達也他們兩人的底細。

司波深雪才就讀高一，就已經能熟練使用「冰炎地獄」、「冰霧神域」等強力魔法。不只如此，她在橫濱事變時還使用過不明的即死魔法。這個魔法的射程與效果範圍完全不得而知。不過七草家的研究員預測，就算這個魔法是對人魔法，威力依然匹敵知名的「流星群」。

司波達也則是能使用最強的對抗魔法與真相不明的分解魔法，還有只能形容為奇蹟的再生魔法。弘一也聽過他很可能是造成「灼熱萬聖節」的戰略級魔法師的消息。而且也確定他和國防陸軍一〇一旅之中，那個世界上最先將飛行魔法投入實戰的獨立魔裝大隊有密切關係。

弘一也早就知道這兩人擁有四葉血統。雖然不知道司波達也是真夜的兒子，但即使沒有確切的證據，他也幾乎確定了司波深雪是深夜的女兒。在這兩人成為四葉軸心的將來，或許連構成十師族與師補十八家的另外二十七家團結起來，也無法壓制四葉家。雖然弘一不曉得，但他其實和九島烈抱持相同的恐懼。

司波深雪被指名為四葉家的下任當家，並和司波達也訂婚。弘一收到這個消息後大為焦慮。他原本認為達也與深雪是兄妹（雖然這才是事實），所以認為兩人之中的某人有一天會離開四葉家，而且應該是達也離開。達也大概不會完全和四葉家斷絕往來，但弘一認為只要花時間說服，就能讓達也理解到維持國內力量平衡的必要性——說服的時候，弘一當然打算不擇手段。

所以，弘一完全沒料到真夜會下司波達也不是司波深雪的哥哥而是表哥，還突然讓兩人訂婚的這一步棋。追究兩人是否真的並非兄妹沒有意義。既然無法強迫他們進行精密檢查，對外公開的內容就是事實。訂婚進展為結婚之後，司波達也將和司波深雪一起成為四葉屹立不搖的軸心，而弘一害怕的事態將會在那時候成真。

這應該已經無從阻止。既然是透過魔法協會通知含數家系各家，就是正式宣告訂婚，已經不是可以從旁介入的階段。如此心想的弘一相當後悔。不過──

（原來還有這一招。）

剛毅的反擊方式粗暴，卻不魯莽。弘一不曉得他是否真的精打細算到這個地步。依照剛毅的個性，弘一認為他比較可能是沒想太深就直覺採取這個行動。

不過，這無疑是有效的手段。

隨後弘一將女兒們叫到了起居室。

弘一穿西裝，相對的，聚集在起居室的女兒們卻身穿華麗長袖和服。三人都不是自願，而是被迫穿上和服。這當然不是基於家長的喜好。不，其實並不是毫無這種要素，但主要是用來接待訪客。在七草家，外出拜年是長男的職責，帶領賀年訪客的職責則由三個女兒分工執行。此外，真由美她們的母親目前以療養名義分居中。

「父親大人，請問有什麼事？」

真由美才剛坐到弘一對面就突然這麼問。雖然是每年的例行公事，但是這種穿和服的應酬也

「雖然還沒告訴妳們，不過四葉家昨天透過魔法協會，對十師族、師補十八家以及百家的主力家系報告了兩件事。」

「不只對二十八家，也對百家報告？是這麼重要的事嗎？」

弘一講得相當賣關子，令與姊姊相反，不以穿和服為苦的泉美做出父親想聽見的反應。泉美不是真的感興趣，是偏向於配合父親，而弘一見狀也滿意地點頭。雖然是雙胞胎，但泉美是么女，而且在大人眼中很可愛，所以弘一似乎也會比較寵她一點。

「對於四葉家或是妳們來說，都是重要的事。」

「對我們來說也是？」

真由美表達疑問。弘一在這時候沒賣關子，說：

「四葉家指名第一高中二年級的司波深雪為下任當家。」

「咦！」

高喊出聲的人是真由美。泉美睜大雙眼，雙手摀著嘴。相對冷靜的香澄也一臉頓時難以相信的樣子。

即使是和司波兄妹來往最久的真由美，也頂多只推測達也他們家可能是「四的失數家系」。三人直到前一刻都未曾想像、夢想或幻想深雪是四葉家的一分子。

「而且四葉家也宣布，下任當家司波深雪和同為第一高中二年級的司波達也訂婚。」

「怎麼會！」

「不會吧，這不可能！」

「就算是四葉家，兄妹也不能結婚吧？」

啞口無言的是泉美，吐出輕聲哀號的是真由美，冷靜批判的則是香澄。

「他們實際上似乎是表兄妹。」

「表兄妹？」

香澄之所以沒有陷入慌亂，並不是生性比姊姊或妹妹來得冷靜沉著，而是她對達也兄妹沒什麼情感。掌握女兒們個性的弘一明白這一點，也知道泉美對深雪著迷的程度非比尋常。

所以最令弘一感興趣的，是真由美完全亂了分寸的理由。

「司波深雪的母親深夜舊姓四葉。司波達也則是四葉真夜以冷凍保存的卵子生下的四葉家現任當家兒子。」

「達也學弟是四葉家當家的……兒子？」

香澄以關心的目光看向茫然低語的姊姊——她不看雙胞胎妹妹似乎是覺得她應該暫時無法解除僵直狀態，決定置之不理。

「對此……」

語上。

不過，香澄感受到弘一繼續說明的語氣，隱含至今沒有的犀利，便又將注意力放到父親的話

「一条家當家一条剛毅閣下透過魔法協會向四葉家提出異議，要求取消兩人的婚約。」

「一条家？」

真由美聽到父親這番話，疑惑地如此低語。

「沒錯。如果只是反對婚約，一条家並沒有插手權利，但剛毅閣下向真夜閣下提出申請，希望長男將輝和深雪訂婚。」

「是這麼回事啊……」

看來真由美克服了內心的慌亂。她看起來在思索一条家申請長男和四葉家下任當家訂婚的意義，以及背後暗藏的意圖。

「真由美，妳有什麼頭緒嗎？」

在真由美身上，已經看不到由達也與深雪出乎意料的「新事實」造成打擊的痕跡了。長女切換心情的速度快，也是弘一欣賞的優點之一。

弘一徵詢真由美的意見，與其說是對於她知道的事情感興趣，應該說是想知道她如何在這麼短的時間重新振作，又思考了什麼事。

「不，並不是什麼大不了的事。只是想起一条將輝學弟一直深深迷戀深雪學妹。」

「喔……妳什麼時候察覺這件事的？」

「在上上屆九校戰的賽後晚會。應該不只我一個人察覺。」

不過真由美說出的內容，卻意外地成為弘一的參考資料。看來一条家當家的動機，主要是協助兒子成就戀情。

「這樣啊。原來一条閣下不是基於政治考量行動，而是顧慮到兒子的心意。」

弘一無法使用剛毅這樣的思考方式，他無法只為了女兒的戀情，就做出可能害七草家立場惡化的行動。不過他可以理解剛毅的行動原則比較受到女兒們的歡迎。

「話說回來，就妳們所見，司波達也是什麼樣的年輕人？真由美覺得如何？」

聽到弘一這麼問，真由美的雙眼再度掠過一絲慌張。

「就算您這麼問……我也只能說他是優秀的學弟。」

真由美的回答沒有任何不妥，但弘一沒看漏真由美略微臉紅的模樣。

「香澄呢？」

「我沒什麼機會私下和司波學長來往，所以只知道他在魔法知識以及魔法工學技術層面極為優秀。」

香澄以正經的表情說完，便看向泉美。

「泉美和他在學生會共事，我想她會比我清楚。」

「原來如此。」

弘一的視線移向泉美。

「泉美對司波達也的評價怎麼樣？」

眼神空洞的泉美在被點名之後端正坐姿。聽懂父親問題的她並不是假裝正經地回答，而是自然繃緊了表情。

「喔？」

「……憑我的能耐，無從估量司波學長的實力。」

面露驚訝的不只是弘一。香澄盡顯意外地凝視泉美的側臉，真由美也是睜大雙眼，整個人轉向妹妹。

泉美不畏懼父親與兩個姊姊投向她的視線，挺直了背脊，直直看著弘一說下去。

「我想父親大人也記得四月在第一高中進行的『恆星爐』實驗。」

「喔，說起來，那個實驗的核心人物就是司波達也呢。」

弘一想藉由輿論打擊四葉的計謀，就是被這個事件給破壞。他不可能忘記。

「後來的九校戰，司波學長也以技術人員的身分大顯身手。上上屆九校戰才公開的飛行魔法得以運用在幻境摘星，聽說也是司波學長的功勞。」

這件事弘一也知道，但他仍看向真由美，尋求確認。

「這是事實。他以大會限制內規格的CAD成功使用飛行魔法，也開發出還沒收錄在魔法大全的新魔法。」

「今年他提供了『無形子彈』與『聲子邁射』等高階魔法的改良版給選手。」

泉美進一步補充真由美的證詞。

「這真是了不起。」

女兒們說的內容弘一早就全部知道了，但他自然地表現出吃驚的樣子，如同初次耳聞。

「不過，我之所以覺得司波學長的實力無從估量，並不是因為這種表面上的功績。」

但泉美還沒說完。

「司波學長眼中的世界……和我們的世界有著根本性的不同……他和我們位於相同的場所，卻活在不同的世界……我經常有這種感覺。」

「意思是他和真由美一樣，擁有特殊的視力嗎？」

「……不知道，我只是隱約有這種感覺……對不起，父親大人。」

泉美自己也無法好好說明自己感覺到什麼，消沉地低下頭。

弘一看向真由美。

真由美也搖頭表示沒有頭緒。

泉美對達也的印象令弘一很感興趣，但目前的資訊量不足以做出結論。弘一決定暫時將自己

「那麼，若以異性觀點來看，妳覺得他怎麼樣？」

出乎意料的詢問使得泉美抬起頭，驚訝到睜大雙眼反覆搖頭。

「他不是我應付得來的人！……說來很遺憾就是了，非常遺憾。」

「泉美，這是什麼意思？」

泉美突然厭惡地嘀咕起來，她反常的模樣使得弘一的神情與其說擔心，更像不安。

「要是我的能耐足以將司波學長玩弄於股掌之間……！就不用眼睜睜看著深雪學姊落入男人手中了……」

「泉美，妳知道自己在說什麼嗎？就算是我，也被妳現在這個樣子嚇傻了啊。」

這甚至讓香澄忘記父親就在面前，不禁顯露本性吐槽。泉美的失常就是如此奇怪。

弘一一臉尷尬地清了清喉嚨。

香澄與泉美像是觸電般顫了一下後，便一同端正坐姿，難為情地低下頭。

「真由美，妳呢？以異性觀點來說，妳覺得司波達也這個人怎麼樣？」

弘一沒責備香澄與泉美（他很猶豫是否該在此時刺激兩人），直接將話鋒轉向真由美。

「就算您這麼問……」

明明預料到矛頭會指向自己，真由美卻慌得眼神飄移。只是她看起來不像是感到排斥。

也不像是感到為難。

「司波達也比妳小兩歲，不過這種差距在年齡上應該不會不搭。既然是四葉家現任當家的兒子，那家世背景也無從挑剔了。」

「但他是個我實在不覺得年紀真的比我小的人……」

感覺真由美對達也的態度，比弘一以往介紹給她的任何男性都好。這麼一來或許行得通。或許可以配合剛毅的步調，破壞真夜的計畫。

「真由美，如果妳有這個意願，我就對四葉家正式提出交往……」

弘一如此心想，並且提議。

「我反對！」

但香澄打斷他的話語。

「香澄，放尊重一點。」

香澄的冒失言行不單單只是妨礙到自己，也不是高中生應有的樣子，因此這次弘一也立刻出言責備她。

「……對不起。」

香澄大概也有自覺態度不好吧。她雖然看起來有點不滿，卻沒有反抗。

「父親大人，我認為如果是姊姊，確實可以大方地和司波學長交往，但我依然反對。」

「泉美，這是為什麼？」

弘一對香澄採取嚴格態度，對泉美卻不會劈頭斥責，而是願意聆聽。泉美言行有禮應該是他這樣的原因之一，但看來弘一果然是會寵泉美。

「女方主動追求已經正式宣告訂婚的男性這種事情，傳出去實在太難聽了。一条家能夠那麼做，在於他們是男性追求女性。司波學長是男性，對於一条先生的介入大概可以一笑置之，但肯定會壞了深雪學姊的心情。」

「……是這樣嗎？」

泉美以女性的感性為論點，弘一也無法確實反駁，他目前頂多只能擠出這句反問。

「是的！」

真由美抓住這個機會，以堅定語氣回應。

「向剛宣布訂婚的男性要求交往，這事傳出去太難聽了。而且我年紀比他大。我可不想被謠傳是勾引學弟的無節操壞女人。」

「是這樣啊。」

弘一沒有在這時繼續提及四葉家公布的婚約，大概是認定形勢對自己不利吧。他叮嚀女兒們今後面對達也與深雪時要記得兩人有四葉家的血統，必須細心應對，然後就放她們離開了。

◇◇◇

到了晚上八點，也沒有訪客來七草家拜年了。七草家到明天都沒有聚餐的預定。弘一和脫下長袖和服後換上便服的女兒們共進晚餐之後，就獨自窩在書房。

他這麼做和平常的生活模式差異並不大。雖然難得和女兒一起用餐，不過他平時在家裡吃完飯之後，就總是一個人待在書房。十師族當家的工作、企業家的工作，以及不能洩漏給外人知道的工作——在弘一審視這些工作的報告書時，他等待的人來電了。

『七草閣下，新年快樂。』

「一条閣下，新年快樂。承蒙您特地打電話過來，真是不敢當。」

弘一等待的對象是一条剛毅。

『不，讓你久等了，我才要道歉。』

「我沒等很久喔。」

弘一在兩小時前寄電子郵件給剛毅，希望他有空時可以來電。兩小時的時間很難斷定「沒等很久」究竟是真心話還是客套話。

『那，你想討論的是四葉家的事情吧？』

弘一大剛毅七歲（剛毅生日在第一學期開始前，弘一生日在第一學期開始以後），但從剛才開始就使用平輩語氣說話的反倒是剛毅。不過會這樣是基於「十師族當家立場平等」的不成文規定，所以其實弘一的客氣用語才算是不適當。

不過十師族裡也沒人頑固到會因為對方講話客氣就吹毛求疵。

「是的。正確來說，是關於一条閣下向四葉家提出要求的那位兒子。」

弘一掛著含蓄的笑容說完，畫面上的剛毅就蹙起眉頭。

「請不要太早下定論。」

弘一多少有預料到剛毅這種反應，並不慌不忙地告知：

「我想聲援令郎的戀情。」

說這樣橫刀奪愛很荒唐的批判聲浪，大概也傳到剛毅耳中了。為了順利推動話題，弘一搶先對一臉不耐煩的剛毅這麼說。

『這樣啊，謝謝。』

剛毅一邊道謝，一邊露出摸不透弘一真正意圖的疑惑表情。

「其實四葉閣下公布的那個婚約，我也覺得不是滋味。」

剛毅的表情從疑惑變成理解。與其說弘一同情他的兒子，不如說弘一對四葉家下任當家的婚約有反感，對於剛毅來說會比較好懂。

『那麼，我可以解釋成七草閣下也很擔憂四葉家想撮合的這場近親婚姻吧？』

「嗯，是的。因為我常聽女兒們提及獲選為四葉家下任當家的司波深雪有多麼優秀。」

這是謊言。弘一和三個女兒的對話頻率，沒有高到會「常聽女兒們提及」。關於深雪和達也的情報，幾乎都是弘一自己調查的。

但要是老實這麼說，對方會質疑他為什麼在四葉家公開深雪與達也有四葉血統之前，就調查了兩人的底細。弘一判斷反正剛毅不知道事實，當成女兒提供的情報比較便於行事。

「我無法忽視那樣的天分或許會因此無法繼承下去的可能性。」

弘一這番話是附和剛毅的主張。但是剛毅卻出乎弘一的預料，不悅地彎下嘴角。

『——不只是司波深雪吧？司波達也也是戰勝我兒子的魔法師。這麼說或許是我太寵兒子，不過光是他戰勝將輝的事實，就令他具備很大的價值。』

「說得也是。您說得沒錯。」

弘一灑脫地承認自己失言了。剛毅說他太寵兒子，但達也戰勝一条將輝，無疑具備很大的價值。實際上在二〇九五年的九校戰，將輝率領的三高隊伍敗給達也率領的一高隊伍時，十師族甚至以魔法協會專用線路舉辦臨時線上師族會議討論對策。

「司波達也的天分也不能就這樣浪費掉。」

弘一會立刻同意剛毅的說法，並不只是嘴上說說。

『所以，七草閣下今後有何打算？會為了要求四葉閣下解除婚約，而替小犬聲援嗎？』

剛毅表面上說「聲援」，不過看他難掩不快的表情，就明顯看得出他實際上是在質疑弘一想利用他的兒子。

對於弘一來說，這並非計算之外，而是在預料之內。

「其實，我正在思考是否能讓司波達也成為真由美的丈夫。」

弘一在這時候掀開自己的底牌。

正如弘一的計畫，剛毅明顯亂了分寸。

『……令嬡真由美小姐不是在和五輪家的兒子交往嗎？』

剛毅以難掩意外的表情與語氣試探弘一。

「是的，但小女與洋史似乎都興趣缺缺。我看不出兩個當事人有繼續交往的意願，所以正想暫時取消這個安排。」

『意思是說，如果對象是司波達也，真由美小姐就有意願？』

「司波達也對真由美來說是學校的學弟，應該可以確定她不討厭這個學弟。畢竟真由美今年也即將二十歲，做父親的我希望她差不多該考慮婚事了。」

剛毅直覺嗅到弘一打算利用一条家，但他的悟性無法證明這一點。弘一這番話沒有疑點，而且對於剛毅來說，弘一無疑是現階段少有的援軍之一。

「說來見笑，現階段我還在規勸女兒，不到向四葉家提親的程度。所以相對的，我希望加入一条閣下這次異議的連署。」

剛毅覺得自己中了某個巧妙的陷阱。

『在當家立場上，我也很感謝你的幫忙。』

不過，他現在只覺得應該接受弘一的提議。

「謝謝您爽快地答應。除了我家，我也想號召擔心四葉閣下這個決定的其他家加入，您意下如何？」

『如果有這樣的人，還請幫忙介紹。』

剛毅沒有全權委託弘一處理，始終維持自己的主導立場。這是他現階段能夠採取的最大預防措施。

「是的，那當然。」

弘一笑著點頭。要從畫面上的表情看透弘一的內心，打從一開始就是不可能的事。剛毅對此早就死心了。

『那麼，我等等就把向魔法協會提出的文件底稿寄過去。』

「為求謹慎，我會將連署之後的文件寄回，到時候還請您確認。」

『我知道了。』

「那就這樣行事吧。一条閣下，謝謝您。」

『不，我才要道謝。那麼，就容我說到這裡。』

和剛毅的電話對談，就這麼以弘一滿意的形式結束了。

◇◇◇

一月四日星期五，達也與深雪帶著水波回到自家。

關於達也兄妹和四葉家的關係，只有魔法界的最高層有收到通知。不過這個情報大概不需要幾天，就會在魔法界相關人士之間傳開吧。這間房子的情報尚未外流，然而曝光應該也只是時間問題。聽說葉山正在東京準備四葉家的別墅，或許得考慮搬過去。

不過就算要搬，達也推測應該也有一兩個月的緩衝期。他們必須先處理好身邊的事。

在上個世紀，由於年底比較不會有人在家，所以這個時期一般正是全家一起進行大掃除的時候。不過在家事處理上高度自動化的現代住宅中，打掃也是幾乎都交給機械就好。在自家吃完午餐之後，達也與深雪就留下水波，前往八雲的寺廟——九重寺。

達也鄭重穿上西裝，深雪也換上長袖和服。他們這樣不能騎機車，直排輪鞋更不在考慮範圍內。幸好達也家與九重寺都是能藉由交通管制系統自動駕駛車輛的區域，所以兩人不是搭乘通勤車，而是自家的機器車。

前往九重寺大約要十幾分鐘。他們出門前有打電話知會過，所以怎麼樣也不會撲空。

不過，達也他們抵達寺廟之後，卻得等上好一陣子。八雲確實在寺廟，不過正在接待客人。雖然對方沒有事先告知就在達也他們即將抵達時突然造訪，但似乎是不能趕回去的客人。達也也熟識的八雲高徒露出非常過意不去的表情告知這件事。

達也考慮過另外找時間過來，不過經過這名高徒的慰留，最後還是決定繼續等待。今天沒什麼急事，也沒心情工作，所以達也也覺得繼續等無妨。

達也兄妹倆抵達寺廟將近三十分鐘之後才被叫進去。

要從僧房前往主殿的達也來到庭院，並在寺廟正門前方看見前一位訪客的背影。

那是名剃髮的老人。達也原本猜想是宗派幹部，卻又立刻抹去這個想法。對方雖是僧侶頭，卻身穿高級西裝與大衣。不對，或許世上真有僧侶穿西裝，不過達也覺得那個老人不是僧侶。至少是有種沒出家，且在世俗依然掌管大權的印象。

老人大概是感覺到了達也的視線，往左方轉頭看向身後的達也。

他的左眼白濁。

達也覺得老人的動作非常不對勁。如果左眼視力有問題，一般應該會往右方轉頭。

那顆眼珠，難道隱藏著非比尋常的視力嗎……

老人立刻將頭轉回去，從正門離開。

「哥哥？」

在深雪呼喚過後，達也才驟然回神。那名老人就是如此吸引他的注意。

達也就在仍然不知道自己在「害怕」什麼的情況下，把注意力移向他方。

跪坐在八雲面前的達也，沒有詢問剛才在庭院見到的老人究竟是何方神聖。

「師父，抱歉這麼晚才來問候。新年快樂。」

因為達也認為不應該追究其他訪客的底細。而且雖然沒根據，但他認為就算詢問了，也得不到答案。

深雪和達也一同恭敬行禮。

「新年快樂。我知道你們的狀況，所以不用在意。」

聽到八雲的回應之後，兄妹倆抬起頭。

「您已經知道了嗎？不愧是老師。」

看見深雪投以稱讚的目光，八雲笑著搖頭。

「不不不，這不是什麼值得佩服的事。因為妳被指名為下任當家以及你們兩人訂婚的消息，以相當快的速度傳開了啊。」

「……已經這麼為人所知了嗎？」

面對以不悅語調詢問的達也，八雲刻意睜大雙眼表示意外。

「當然，這對魔法界人士來說可是大新聞，而且這個話題原本就是充滿謎團的四葉家相關情報了，當然會成為注目焦點。不只如此，不久後就要舉行師族會議也是原因之一，尤其這次還是決定接下來四年的十師族的甄選會議吧？這時候出現這則新聞，要人保密才是強人所難。」

達也蹙起眉頭，深雪也一臉愁容。雖說只通知二十八家以及部分百家，但他們早知道只要是透過魔法協會傳達，就會變得廣為人知。這麼做原本就是打算讓外人知道達也與深雪的存在，在許多魔法界人士之間口耳相傳正合四葉家的意。

不過這始終是真夜等人打的算盤，不是達也他們的期望。先不提社會上流傳的傳聞，光是想到新學期開始後會在第一高中內面臨何種反應，兩人就早早憂鬱了起來。

「話說回來……你們居然不是兄妹，而是表兄妹，還訂婚了啊……」

八雲咧嘴一笑。

「我也完全被你們蒙在鼓裡啊。恭喜你們。」

八雲的祝福，使得深雪紅著臉移開目光。

不過，深雪這張表情卻因為八雲的下一句話而僵硬起來。

「所以，有多少是真的？」

「我們聽說這都是事實。」

在八雲露出意味深長的笑容瞬間就微閉雙眼、收起表情的達也，則立刻以缺乏抑揚頓挫的平淡語氣如此回答。

「嗯……你們『聽說的』是吧……」

「我自己不記得，所以只能問別人。」

「原來如此、原來如此。也對，就算是達也，也不會記得剛出生沒多久的事。出生前的事更不用說了，那只能間接從別人口中得知。這麼說很合理。」

八雲笑著用冰冷視線看向達也。

達也默默低頭致意，如同承認「正是如此」。

後來三人愉快地（只）聊一些家常話題，而在大約二十分鐘後，達也與深雪站了起來。

八雲理所當然般地起身跟在兄妹身後。達也與深雪都明白這種情況下即使再怎麼客氣，對八雲也不管用。兩人夾在剛才帶路的那個高徒與八雲中間，走出停車場旁邊的後門。

此時達也與深雪轉身面向八雲，準備再打聲招呼。

不過，八雲比他們早開口。

「達也，明天起我會嚴格一點地訓練你，做好心理準備吧。」

達也不禁睜大雙眼。八雲剛才那段話的意思，是要他別在意這次的事情，和以往一樣前來修行。這表示即使達也身為四葉家一分子的事情公諸於世，八雲也同樣會繼續和達也來往。

「師父，今年也請您多多指教。」

達也是不至於露出慌張的模樣。

「老師，謝謝您。」

不過深雪卻是眼眶稍稍噙淚。

◇ ◇ ◇

前往九重寺拜年的隔天，達也將深雪留在家裡，前去造訪前茨城縣土浦的國防陸軍一〇一旅基地。

目的地是獨立魔裝大隊總部。此行的目的不是訓練，是拜會風間等人。

達也不是穿軍裝，而是西裝，但他擁有的ＩＤ卡效力和正規軍官一樣。他只透過機械讀取卡片並核對生體特徵就順利通過閘門，徒步前往大隊總部所在的建築物。他原本想直接去找風間，卻在地上地下各有三層的堅固大樓玄關看見熟悉的身影，便往對方那裡走去。

「大黑特尉，新年快樂。」

「藤林『中尉』，恭喜。」

達也與藤林相互敬禮賀年。不過達也的「恭喜」不只是針對新年。

「特尉，謝謝你。我真的很高興能加薪呢。」

藤林半開玩笑地回應。達也感覺這番話深處隱含複雜的想法，卻沒當場說出口。

「我也想向『中校』打聲招呼。」

「嗯，隊長也在等你喔，我們走吧。」

藤林嫣然一笑，轉身前進。

達也隨即跟在她身後。

「我是藤林。」

「進來。」

風間回應藤林的敲門聲，准她入內。隊長辦公室內只有一個人的氣息。

「打擾了。我帶大黑特尉過來。」

「你們坐在那裡等一下。」

風間一邊說，一邊操作桌上的儀表板。入口對面牆壁其中一塊區域往前倒，並在水平位置靜止，成為椅面。

達也與藤林並肩坐在臨時擺出的長椅上。長椅表面裝有墊子，坐起來的舒適度不錯。

風間檢視傾斜十五度的螢幕，以觸控筆簽名核可。他在進行這項工作數次之後抬起頭。

藤林與達也起身站到收納螢幕的桌子前。達也站得比藤林向前多出半步，向風間敬禮。

「隊長，新年快樂，也恭喜您升官。」

「嗯。特尉，今年也期待你的表現。」

「是。謝謝隊長。」

風間放鬆表情起身。

達也與藤林後方的地板打開，沙發便從那裡的地板下方膨脹出來。

「總之，你們坐吧。」

風間說完就坐上簡式的氣墊沙發。達也也坐在正對面靠門的沙發。天花板下降到兩人中間，成為了一張懸吊式的桌子。桌面上已經備好了熱水瓶、茶壺、茶盞與茶托。

依然站著的藤林拿起水瓶朝茶壺注入熱水，等待片刻之後便從茶壺倒茶到兩個茶盞內，隨後連同茶托分別擺在風間與達也面前。她露出笑容回應對自己道謝的達也，移動到風間的左側。

「記得沒有特別委託你什麼事，難道你今天是專程過來問候的嗎？」

風間拿起茶盞詢問達也。雖然裡頭不是滾燙的開水，不過薄薄的青瓷茶盞照理說還很燙，風間卻絲毫沒有被燙到的樣子。

「聽到隊長升官的消息，在下可不能漠不關心。」

達也同樣笑著回應風間不拘小節的提問。那雖然是客套笑容，卻不是毫無誠意。他單純只是沒選擇露出正經表情，而是笑容。

「就算說升官……」

風間也以笑容回應達也的客套笑容。但他的笑容是苦笑。

「但是幾乎沒加薪，而且在同屆之中，我的晉升速度是倒數前幾名。不過我升官之後，部下們的官階也不再被卡住，我倒覺得是好事。」

正如風間所說，以一月一日人事令晉升的不只是風間。如同達也剛才提到的，藤林從少尉成為中尉，真田與柳也從上尉成為少校，各自晉升一階。

風間年輕時參與的作戰惹得中央不高興，使他一直被壓在和功績、實力與名聲不符的低等階級。他就任獨立魔裝大隊的隊長時，由於一〇一旅旅長佐伯少將的積極奔走，才終於晉升為校級軍官，不過負責軍政的高階官僚們不打算讓風間繼續晉升。

但是防衛省也無法忽略他在橫濱事變立下的戰功。中央反過來利用獨立魔裝大隊是祕密部隊的事實，以「要是立刻晉升，大隊幹部的身分將會曝光」這個歪理將他的晉升拖延到去年一月，再延到去年七月，不過最後因為再也無法抵抗眾人要求風間立功必須得到回報的聲浪，便在前幾天發布了風間晉升為中校的人事令。

晉升速度被拖慢的真田、柳與藤林三人，也隨之各自晉升一階。

「晉升應該是有益無害吧。收入能多少增加一點，我想是再好不過了。」

「說得沒錯。不過聽特尉談收入，我的心情有點複雜。」

「在下的收入也沒有高到多誇張。因為ＣＡＤ等魔法工學領域產品市場不大。」

達也與風間同時輕聲一笑，並且同時板起臉來。

「中校，防諜措施怎麼樣了？」

「萬無一失。」

風間點頭回應達也的詢問。

達也輕輕吸一口氣。

「中校，獨立魔裝大隊的編制有變更嗎？」

「這次沒有變更。我們獨立魔裝大隊被定位為特殊部隊，所以旅長認為就算階級對應職務分配的狀況有別於一般部隊也沒問題。」

「知道了。」

達也以特務軍官的身分隸屬於獨立魔裝大隊，但這個身分主要是基於他和風間與真田的私人交情。要是部隊高層變動，就必須考慮今後交流的方式。

現在的達也是真的基於自身立場，一定要尊重四葉家的利害關係。如果非得在他自己無法信任的人物底下接受指揮，就必須考慮是否要和軍方斷絕往來。但這次看來不用擔心這種事。

「達也，可以認定我們能和以往一樣得到你的協助嗎？」

這次風間以僵硬表情詢問達也。

「可以。」

達也簡短做出肯定答覆。

「四葉家不是賦予你新的職責了嗎？」

「那並未和獨立魔裝大隊的利害關係產生衝突。」

達也回答風間的詢問時，刻意不講「國防軍」，而是「獨立魔裝大隊」。

「至少現狀是如此。」

他補充「現狀」這兩個字的意思，風間也確實理解了。

「這樣啊。」

風間說到這裡先是停頓片刻。

「這幾個月裡，包括國內，整體世界情勢迅速變得不太穩定。我們預測即使不到再度爆發連續戰爭的程度，在不久的將來……具體來說在一年內，東亞地區很可能再度發生中等規模的軍事衝突。」

「您說的『我們』是指陸軍參謀部的見解嗎？還是統合參謀總部的見解？」

二十年世界連續戰爭爆發沒多久，國防軍就經歷了大幅改組。防衛省設置統合軍令部，軍令部統括國防陸軍總司令部、國防海軍總司令部以及國防空軍總司令部，此外還設置統合幕僚會議當作統合軍令部直屬的非常設機構，並由統合軍令部長兼任統合幕僚會議議長。而在緊急狀況下，將會即刻召開統合幕僚會議，作為國防軍的最高意思決定機關來運作。

比方像是去年的橫濱事變，統合幕僚會議就在遭到侵略的兩小時後開始運作，在會中決定使用「質量爆散」。

現階段，陸海空三軍的總司令部底下都有各自設置參謀部，當作情報處理與作戰規劃的專業部門，不過統合軍令部也另外設置了參謀總部，作為橫向軍事情報的分析與顧問部門。達也這個問題是在詢問風間的推測是出自哪個層級的分析。

「不，是佐伯閣下的分析。」

風間的回答不在達也的預料當中。看來是僅止於一〇一旅內部的非官方分析。不過，可能發生軍事衝突的這個預測，在達也心中的可信度反而提升了。

這是資深優秀專家在無須顧慮政治家的情形下所做出的判斷。當中不存在介意輿論反應的政治力偏誤，堪稱最真實的分析結果。達也絲毫不希望預測成真，但他也不是能毫無根據地抱持樂觀想法的人。

「十師族是用來保護魔法師權利的組織，卻不會逃離國防的責任與義務。在這一點上，四葉家與國防軍的利害關係一致。」

「我沒想過要在無關國防目的的地方要求你盡到義務。達也，今年也期待你的表現。」

風間重複今天說的第一句話，結束他和達也的對話。

達也原本打算在拜會過風間之後，也前去拜會真田、柳與山中。但是山中不在基地，真田與柳忙到無法脫身。要找個地方等？還是直接回去？達也正猶豫該怎麼做時，幫忙確認三人狀況的藤林邀他到軍官專用的咖啡廳。

現在時間是十點五十分。這時間吃早餐有點早，卻恰好適合小憩。可能是因為現在還是過年期間，整個旅還沒正式開始進行訓練，軍官咖啡廳挺熱鬧的。

雖然是過年期間，由於正在值勤，所以軍官們全穿著制服。藤林也是穿後勤用的女性制服。相對的，達也卻是三件式西裝這種非軍裝衣著。要是披上他用單手抱著的風衣，或許就不會那麼格格不入，但他現在的模樣在咖啡廳內莫名顯眼。

藤林以覺得有趣的眼神，看向默默感到有些不自在的達也。

「……原來你也會像這樣害羞啊。」

達也沒有嘴硬，但還是一臉不悅地看著藤林的雙眼。

「我不喜歡引人注目。」

藤林聽到達也的回答後，便露出差點笑出聲的表情。

「那，這次的事件對你來說還真是一場災難耶。」

「這是逼不得已。我沒有辦法選擇拒絕。」

藤林對達也投以想探查心底想法的目光。

「婚約的事情也是？」

「當然。」

「你不願意？」

「是逼不得已。要我和至今一直視為妹妹的對象訂婚，我也不可能立刻整理好自己的心情。我知道深雪需要訂婚對象的道理，所以沒有違抗，可是……」

達也這番回應是表面話。其實他沒有違抗不是因為深雪需要訂婚對象，而是無法回絕深雪的心意。

知道兄妹交情的人就想像得到這點，所以藤林應該也不難看出達也的真正想法。但藤林沒有出言捉弄達也。

「需要訂婚對象是嗎……」

達也朝藤林投以疑惑目光。

但他沒有發問。因為考量到藤林的年齡，很容易推測家人在催她結婚。

「……最近他們很囉唆，一直要我差不多該結婚了。」

不過，藤林卻主動提及達也貼心迴避的話題。

「我也知道自己老大不小了啦……」

從現代要求魔法師早婚的風潮來看，不難想像藤林在家族之中會覺得無地自容。所以達也沒對藤林說些什麼。

達也知道她不結婚的理由，所以更無法貿然開口。

「我知道，我知道自己差不多該整理好心情了。知道就算自己一直眷戀那個人，那個人也不會高興。」

但今天的藤林卻主動去踩達也迴避的各個地雷。如今比起其他軍官不時投過來的好奇視線，聆聽藤林的話語更令達也感到不自在。

藤林在二〇九二年的沖繩防衛戰失去了即將結婚的未婚夫。雖然是雙方父親決定的婚約，她卻一直忘不了這個人。

當時她的未婚夫剛任官，並在首度派任的地點沖繩陣亡。

原本走上研究員之路的藤林會改為邁向軍人之路，正是因為未婚夫的死。或許她沒有因為失去未婚夫而憎恨軍方，而是想代為完成未婚夫的職責。這部分達也也沒問得這麼深入。

達也只知道藤林依然忘不了已故的未婚夫，且她身邊的環境已經不允許她這麼做了。

「啊，對不起！我真是的……就算聽我發這種牢騷，也只會讓你很為難吧？」

藤林察覺達也正感到不知所措，連忙尷尬地道歉。

「不……我認為您的家人是在擔心您。」

對於這樣的藤林，達也只說得出這樣的話語。

◇◇◇

正如八雲所說，達也他們的傳聞迅速在魔法師之間傳開。

「雫，這是真的嗎？」

「……確定沒錯。」

原本坐在桌子另一頭的穗香站了起來。雫把視線移開她身上，難以啟齒地這麼回答。

「深雪是四葉家下任當家？」

「嗯。」

穗香癱軟無力地回座。

兩人面前擺著紅茶，以及一口大小的各種餅乾。

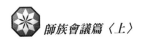

今天是一月六日，星期日。雫與穗香正在北山家的飯廳享受餐後茶——不過已經失去「享受」的氣氛了。

穗香難得來玩（正確來說是雫邀請的），雫個人也不願意對穗香講這件事，但她認為與其在見面時突然得知，不如預先知道這件事。

正如雫的預料，穗香內心受到了重創。坐在椅子上的她陷入眼神失焦的狀態。

「深雪她……原來如此……」

不過，穗香恍神的時間意外的短。她以一副釋懷的樣子低語，定睛看向雫。

「雖然嚇了一跳，但我總覺得可以接受這個事實。既然是十師族，而且是四葉家的人，我就能理解她為何擁有那樣的天分與實力了。」

穗香以落寞卻舒暢的表情對雫投以笑容。

「雫，剛才這件事妳是聽誰說的？伯母？還是伯父？」

「聽說是四葉家透過了魔法協會，通知含數家系主要各家的當家。是我媽用以前的管道打聽來的。」

「這樣啊。如果爸爸在家，他可能會先告訴我吧。」

穗香的父親在有力的含數家系底下工作。這個消息沒有被指定為機密事項，所以很可能在職場傳開。

雫第一次慶幸穗香的父親經常不在家。穗香的父親不知道女兒戀愛，很可能會在閒聊中提到達也與深雪的事，還不會安撫穗香。

「穗香。」

「嗯，什麼事？」

但即使是雫，也很難處理這件事。她自知不善言詞，所以更覺得心情沉重，不知道該如何告訴穗香。

（不過……這件事得由我告訴她才行。）

穗香或許會哭。不，肯定會哭吧。在這種時候，只有我能讓穗香老實地哭出來——雫鼓起了這份使命感。

她感覺自己不這麼做，就會刻意逃離這個話題。

「其實，我聽媽媽說的消息還有後續。」

「後續？究竟是什麼樣的後續？」

雫輕輕吸口氣。

「聽說深雪與達也同學不是兄妹，是表兄妹。深雪與達也同學似乎都不知道這件事。而且，達也同學還被選為深雪的未婚夫了。」

她一口氣說完。

「不會吧……」

穗香表情變得僵硬，卻立刻笑出聲。

「討厭啦~雫，別開這種惡質的玩笑，愚人節還有三個多月喔。」

穗香在等待雫笑出聲，或是以毫不內疚的表情回應「穿幫了」。

但雫只以沉鬱的表情注視穗香的雙眼。

「等一下，雫，不要開玩笑啦。」

穗香的眼中掠過一絲畏懼。但她還是掛著笑容，以半開玩笑的語氣催促雫揭露真相。

「穗香。」

然而，雫的語調非常正經，違背了穗香的期待。

「……這是……真的？」

穗香以顫抖的聲音詢問。

「……嗯。」

雫以難過的聲音回以肯定。

「怎麼會這樣……！」

穗香站了起來，想跑離餐桌。

「穗香！」

雫從後方抱住她。

「放開我！」

穗香用力扭動身體。她不知道是誰抱住她。不只如此，她也不知道自己要去哪裡……不對，是不知道自己要做什麼。

她只是在一種生存本能驅使下變得想遠離恐懼的對象，才會不分青紅皂白地奮力逃跑。

她試圖甩開束縛的雙手，完全沒有手下留情。

「呀啊！」

哀號。人體撞到桌子的聲音。桌腳嘎吱作響的聲音。椅子翻倒的聲音。叉子散落、餐具破碎的聲音。

「……！」

以及強忍痛楚的呻吟聲。這些聲音一起將穗香的注意力拉回當下。

穗香連忙轉身一看，就發現雫躺在翻倒的椅子旁邊。打破的杯子與蛋糕盤碎片，散落在她頭上不遠處的地板上。

「雫！對……對不起！還好嗎？」

穗香甚至忘記哭泣地——面露由不同理由造成的泛淚表情，連忙蹲到雫身邊。

「我沒事。」

雫輕輕抓住穗香想拉她起身的手，幾乎是靠著自己的力量站起來。

「只是稍微摔到而已，沒受傷。」

這句話是對穗香說的，同時也是對因為聽到吵鬧聲而趕過來的數名侍女說的。

起身的雫如同是在證明自己這番話，沒展現疼痛的樣子。她頂多只看向身上連身裙的衣襬，微微蹙眉。

「果然被潑到了。我回房間換衣服。」

剛才濺出的奶茶，將連身裙衣襬弄髒好大一塊。

「那個，我來幫——」

一名侍女才提議到一半，就被雫面無表情地打斷。

「不用。不提這個，這裡就拜託妳們了。」

「遵命。」

不過，侍女們知道這個家的「大小姐」不喜歡別人協助換裝或入浴，因此沒有繼續勸雫接受自己服務，很乾脆地聽從她的命令。

「穗香和我一起來。」

「啊，嗯。」

將雫甩到桌子與地板上（這麼說有點誇張）的打擊，蓋過了剛才聽到那個消息時的打擊，使穗香什麼都沒想地就照著雫的話做。

「那個，雫……剛才對妳那麼粗暴，對不起……」

抵達雫房間的時候，穗香的心情已經大致恢復了平靜。在只有兩人的房內，穗香首先說出口的是對雫道歉的話語。

「不用在意。畢竟沒受傷，應該也沒瘀青。」

已經脫掉連身裙的雫一邊這麼說，一邊把細肩帶襯衣丟到地毯上，同時讓穗香看她剛才摔到的左腰、肩膀與手肘。雫的雪白肌膚確實只有手肘部位稍微發紅，看起來也沒嚴重到會瘀青。

「穗香，妳隨便坐一下。」

雫正在換穿下襬寬鬆的連身長裙，並對依然站著的穗香這麼說。

穗香環視室內，然後淺淺坐在寬敞床舖的邊緣。

「久等了。」

換好衣服的雫穩穩坐到她的身旁。穗香身高比較高，而這點也反映在坐下來的高度上。

雫自然變成是以從下方窺探的視線面對穗香。

「穗香，妳還好嗎？」

這句話喚醒了穗香內心的悲傷。

穗香的雙眼泛出淚光。

雫坐著探出上半身，摟住穗香的肩膀。

「妳說達也同學與深雪是表兄妹，是真的嗎？」

「嗯。」

「那妳說達也同學與深雪訂婚……也是……」

穗香詢問的聲音中夾雜著嗚咽。

雫將好友的肩膀用力摟過來，當作對這個先前已經得出答案的問題的回答。

「怎麼這樣……太過分了……」

穗香淚水如同決堤，開始抽抽搭搭地哭泣。

「達也同學……明明說是兄妹……深雪……明明說我們是朋友……」

雫不發一語地將單邊膝蓋抬到床上，把穗香的頭抱進懷裡。

等到穗香的哭聲減弱之後（不是停止哭泣，而是哭累了），雫就將嘴唇湊到依然抱在懷中的好友耳邊。

「穗香有三條路。」

穗香身體出現不同於嗚咽的反應。雫確認穗香有將她的話語聽進去後，便輕聲細語：

「第一條路，是放棄達也同學。這麼做應該最不會受傷。」

穗香沒有反應。她在等待下一個選項。

「第二條路，是不死心地繼續追求達也同學。我認為達也同學是真的將深雪當成妹妹。而且無論是達也同學還是深雪，應該都對他們不是兄妹的事實大吃了一驚。」

「……是嗎？」

穗香含淚低語。

「嗯。」

雫刻意沒使用「應該」或「我認為」之類的說法，直接簡短斷言。

「深雪從以前就將達也同學視為一個異性愛戀，但達也同學的情感始終是對妹妹的親情。所以達也同學突然知道自己和深雪訂婚，應該也很為難才是。」

「可是，他們訂婚了啊……」

「那是因為拒絕不了。既然不是打心底接受這個婚約，妳的機會就不是零。」

雫不是說「有機會」，而是說「機會不是零」。

即使是現在這個狀態的穗香，也很清楚這句話的意思。

「……第三條路呢？」

雫輕輕吸氣，把回答和猶豫一起吐出口。

「……第三條路，是成為達也同學的情婦。」

「情婦！」

大概是因為這個詞過於意外，穗香抬起了滿是淚水的臉注視雫。

「當然不是現在就當。畢竟深雪也不是立刻就會成為四葉家當家，結婚應該也還是很久以後的事。而我說的是在達也同學和深雪結婚之後。」

「可是，居然要當情婦……」

「穗香一定要獨占達也同學才滿意嗎？」

「怎麼可能！……是有一點啦，不過，也總比不理我來得好……」

穗香紅著臉低下頭，雫再度將她抱進懷裡。

「達也同學擁有非常特殊的魔法天分。四葉家應該也希望多一點子孫繼承他的基因。」

雫懷裡的穗香手緊緊一握。

「……第一條路最不會讓穗香受傷。第二條路也是，只要在失敗的時候放棄，就不會傷得更深。如果選擇第三條路，就算順利，也會抱著一輩子無法痊癒的傷活下去。不只是穗香，深雪也是一樣。」

「…………」

「我希望妳選第一條路。不過做選擇的是妳。」

雫也知道這個問題很殘酷。但要是就這麼置之不理，穗香可能會在悲傷的深淵中越陷越深，再也無法掙脫。這是雫害怕的結果。

要是就這麼置之不理，穗香可能會因為過度悲傷而自願走上毀滅之路。雫更害怕事情會演變成那樣。

雫不再多說，等待穗香的答案。

「……我放棄不了。」

這是穗香得出的答案。

「我『現在』還放棄不了。不過，我也不希望自己得不到最多的愛。雖然我可以做出和深雪相互傷害的覺悟，但我一定沒辦法這樣長久傷害下去。」

雫的心很痛。但是內心某處卻鬆了口氣。

「那麼……」

「我選擇第二條路。我會不斷追求他，直到可能性變成零……不過我應該沒辦法立刻行動就是了。」

穗香最後說出的喪氣話讓雫不知道該如何回答，因而皺起眉頭。

「……有時候也需要稍微休息一下喔。」

「談戀愛要休息？」

「戀心要休息。」

穗香在雫的懷裡噗哧笑出聲。

雫放開穗香在床上坐好，難為情地笑了。

〔2〕

一月八日，新學期第一天。達也等三人比以往提早三十分鐘上學。

這麼做不是因為有始業典禮之類的儀式。三人都是學生會幹部，但不是因為新學期需要準備舉辦特別活動才提早上學。

清晨就去上學的原因，是校方有事找他們。昨天達也與深雪收到電子郵件，內容是校方表示想在始業典禮之前談一談，要他們到校長室。

電子郵件是在昨天中午過後收到的。當時深雪在家，但達也在ＦＬＴ。因此兩人是在晚餐之後才開始討論這件事，不過他們立刻得出了結論。

校方的目的，只可能是關於四葉家向魔法協會報告的達也與深雪的身分。

問話、斥責兩人向學校提交假申請書，還有告誡雖然訂婚了，但在校內也要遵守分際——校方大概會提到這些吧。

這個預測沒落空。

在達也與深雪面前的是教頭八百坂，校長百山東則坐在後面的厚重辦公桌後頭。另外，水波人在自己的教室。只有達也與深雪有收到電子郵件。

「那麼，你們的意思是並非故意繳交假的申請書嘍？」

「是的。戶籍也標記是親生的，所以在下一直相信是那樣。」

百山微微蹙眉，不知道是因為達也的軍人語氣惹他不高興，還是達也在他面前毫不緊張的態度令他感覺很傲慢。

八百坂敏銳察覺校長的不悅，有點慌張地繼續詢問達也。

「意思是戶籍造假？如果監護人蓄意偽造申請文件，也可能要撤銷學籍……」

「關於這一點，聽說家父已經以書面做過說明並且道歉了。」

「確實有收到。令尊說已故的令堂在出生申請書上寫錯了，也一直沒察覺這個錯誤。不過真的有可能長達十七年都沒察覺嗎？」

「因為家父不關心在下。現在回想起來，應該是因為在下不是親生兒子吧。」

即使聽到父親不關心兒子，八百坂的表情也沒有明顯變化。這在現代或以前，都不是什麼稀奇的事情。

所以他反而不認為達也的辯解不可信。

「校長，我認為司波同學的說明沒有突兀之處。」

百山沒有立刻回答。

「戶籍等正規資料都已經更正了。考量到家庭狀況特殊，我想應該沒必要處分他們。您意下如何？」

「我了解事情原委了。」

百山校長沉重地點頭。相對的，八百坂卻是放鬆了表情。

「你們確實沒有責任。在教育的殿堂裡，絕對不能懲罰沒責任的人。只不過，別忘了這次的事件是可能撤銷學籍的重大過失。我們也會向家長提出嚴正抗議。」

「知道了。」

達也行禮致意，深雪也和哥哥一起恭敬地鞠躬。

「還有，你們雖然已經訂婚了，但是在校內要遵守分際。鑑於你們狀況特殊，我們不過問你們同居這件事。」

「謝謝校長。」

兄妹倆再度向百山行禮。

「……以往某些事情是因為你們是兄妹，校方才得以容忍，但切記你們今後可是未婚夫妻的關係。」

「是。」

八百坂在最後如此叮嚀之後，校長室內的偵訊與訓誡便就此結束。

◇ ◇ ◇

校長與教頭的「說教」比預料中還早結束。不過，達也抵達二年E班教室的時間依然比以往晚了一點。

「啊，來了來了。」

大概是因為這樣，艾莉卡才會在他進入教室之前就占據了窗邊的位子。

「喲，達也，好久不見。」

雷歐似乎知道達也還沒來，就暫時先回到自己教室了。達也經過F班教室時，雷歐從他身後打了聲招呼。

「艾莉卡、雷歐，好久不見。」

在走廊上的達也停下來回應兩人。順帶一提，之所以先叫艾莉卡，是因為如果沒這麼做，她會有點鬧彆扭。

「達也同學，你什麼時候回東京的？」

達也聽艾莉卡這麼問，才想起之前有說好事情辦完要聯絡他們。

「四日。抱歉沒聯絡你們。」

達也不會忘記事情。正確來說，是不會想不起來。但這次他沒空想起這件事。

「沒關係啦。你這次回去很辛苦吧？」

「與其說回去時辛苦，應該說接下來會很辛苦吧。等你穩定下來再應付我們就好。」

雷歐這番話令達也感到意外。如果是艾莉卡，就算她會知道四葉家向魔法協會提出的文件內容也不奇怪。因為千葉家是四葉家指定寄送複本的主要含數家系之一。

但雷歐家和日本魔法界毫無關係。雷歐的魔法基因來自實質上是從德國逃亡過來的爺爺，不是日本開發的魔法師血統，所以照理說他應該沒有從魔法協會得到情報的管道，或是從其他家系魔法師打聽傳聞的管道。

關於自己、深雪與四葉家的情報已經散播到這種地步了嗎……達也內心抱持的這個疑問，隨後就得到了答案。

達也一進入教室，班上同學的目光就一齊集中過來，然後又立刻移開。

「早安。」

達也大致掌握了眾人對他的想法，也暫且先一如往常地向鄰座的美月打招呼。

「啊，那個，早安……」

正如預料，美月打完招呼後就立刻移開目光。這反應明顯是已經知道了達也他們的事。

達也同樣立刻把目光移開美月身上，打開自己座位的終端機。

從他進入教室之前，就將手肘撐在敞開的窗戶下框的艾莉卡以及背靠窗戶側框的雷歐，皆以關心的眼神看向達也。

達也轉頭看向兩人，露出表示「別在意」的表情。

這天早上，幹比古沒有出現在二年E班的教室當中。

◇◇◇

上午的課程結束了。班上同學都以敬而遠之的態度對待達也。

達也平常就不算很常和班上同學交談，但不曾有過半天完全沒人搭話的情形。他在各領域受到依賴，近似「有問題靠〇〇就能搞定」的求助光景可說是家常便飯。

對於達也來說，惡質的是班上同學看他的眼神沒有惡意或敵意。要是同學排斥他，達也應該會把他們的存在阻絕於自己的注意力之外。

達也並不是討厭人類。

然而同時，他也不喜歡人類——包括他自己。

只要有深雪就好——這是達也心中最真實的真心話。

深雪以外的人是可有可無的存在。只不過是要享受舒適生活的話，有他們會比較方便罷了。

而正因知道有他們比較方便，所以只要他們沒投以明確的敵意，達也就想和他們維持還算良好的關係。

達也判斷在現在的氣氛下主動做出行動不太妙。

「美月，我要去學生會室，如果有人問我去哪裡，可以幫我告知嗎？」

「啊，好的！」

達也的聲音，使得美月做出隱含畏懼的反應。

為了避免旁人誤會達也已經割捨情誼，嚇到美月這樣的事情是必要的代價。

達也說他要去學生會室是真的。但他沒入內，而是在門前迴轉。

因為穗香與雫在裡面。

門沒開著，達也也沒使用「精靈之眼」，但他知道隔著一扇門的室內有誰。如果對方是像達也這樣讓己身氣息難以辨識的人就難說了，不過他是無須刻意就處於這種狀態，而且一般學生不會在校內隱藏氣息。穗香她們也沒這麼做。

穗香是學生會幹部，待在學生會室也不奇怪，而雫窩在學生會室是慣例。不過達也沒料到兩人今天會待在學生會室。

至於深雪，則是一反達也預料地不在學生會室。

達也就這麼轉身離開。

穗香與雫會待在學生會室，是要避免在餐廳承受眾多好奇目光。她們是深雪的好友一事是第一高中眾所皆知的事實。知道穗香心儀達也的人也不少，主要是二年級的女生。

深雪也基於相同理由避免前往餐廳。她是傳聞的當事人，一定會受到更多視線的洗禮。深雪是學生會長，經常在學生會室吃午餐。達也原本認為她今天也是這樣。其實達也以為反倒是穗香會避免和深雪同席，不過看來是深雪主動避開了。

畢竟早上校長與教頭才叮嚀過，所以達也打算暫時避免和深雪一起吃午餐。而深雪似乎也覺得必須這麼做，當達也走出校長室如此提議時，她即使表情有些不滿，也依然同意了。

因此，兩人沒有特別決定會合地點。不過達也只要稍微將注意力朝向「自己的內側」，就可以立刻知道深雪在哪裡。其實要掌握她正在做什麼也不難，但達也目前只確認過深雪的位置，就去找她了。

達也打開樓頂的門。他的感應不可能出錯，而深雪也確實就在那裡。

今天沒下雪，但氣溫不到十五度。沒有其他學生會想在這種寒冷的天氣來到樓頂，所以很適合一個人獨處。

「啊，哥哥，我等您好久了。」

不對，不是「一人獨處」，是「兩人相處」。看來深雪一開始就這麼打算。

「妳聯絡一下，我立刻就會來了啊。」

達也的回應引得深雪露出輕柔微笑。

「因為哥哥不可能不知道我在哪裡啊。」

和笑容相符的一股溫暖，輕輕覆住了達也身體。這不是他多心了，是深雪的魔法。

「哥哥，您還沒吃午餐吧？請來這裡。」

深雪邀達也坐在她身旁的座位。她坐在三人座的長椅上，坐的位置是右側。達也原本就打算坐深雪旁邊，所以毫不客氣地坐了下來。

深雪從腿上的保溫袋裡取出大小各一的盒子。她把小盒子放回自己大腿，大盒子遞給達也。不用問，這當然是便當盒。

「原來妳幫我準備了便當？」

「是的，我在哥哥外出晨練時做的。想說今天應該需要。」

達也聽她這麼說，就想起水波上學時提了一個比較大的包包。

「這樣啊。謝謝妳，深雪。」

這時候的達也心想，如果她沒預先告知，或許會變成白費工夫。但他也認為不應該把這句話說出口。深雪之所以準備便當，肯定是預料到會沒辦法待在餐廳與學生會室。而她會瞞著便當的事，一定是因為不希望那種事態成真。

「不用客氣。不過，最後我們還是一起用餐了呢。」

深雪稍微帶刺的話語，引得達也露出苦笑。

「如果妳早上有說一聲，我就不會提議午餐各自吃了。」

「哎呀，是嗎？」

雖然深雪嘴裡講得像是有所不滿，但她的心情非常好。無論是基於什麼原委演變成現在的狀況，她應該還是很高興可以兩人單獨共進午餐吧。

只是就達也看來，深雪似乎有點在強顏歡笑。

「是啊。總之，先讓我吃吧。」

「好的，請用。」

達也在獲准之後打開便當盒。

深雪露出惡作劇般的笑容，拿出盒子裡的筷子伸向達也的便當盒。

「不然，也可以由我夾給您吃喔。」

深雪一邊轉身一邊保持平衡，以免大腿上的便當盒掉落，然後以自己的筷子夾起達也便當裡的炸物，送到達也嘴邊。

「那我就不客氣了。」

達也不慌不忙地說完，就主動轉頭咬住炸物，而且沒碰到深雪的筷子。

深雪的臉迅速變紅。

她連忙重新坐正，看向大腿，然後打開自己的便當盒，藉此把視線從達也身上移開。

簡單來說，她這是自作自受。

「深雪做的便當果然好吃。」

達也以深雪聽得到的音量說完，就斜眼朝她的臉一瞥。

接著，他便判斷最好不要繼續捉弄深雪——其實原本「不夾給我吃了嗎？」這句話已經來到達也的喉頭待命了。

「……可以兩人獨處是好事，不過冬季的天空底下在視覺上實在是很冷。如果恰好有空的教室，我希望明天之後可以換去那裡。」

達也收起壞心的玩笑話這麼說，使得低著頭的深雪抬起頭。

「明天之後……也可以兩人獨處嗎？」

「這陣子這麼做比較好吧。不過學生會工作繁忙的日子就不這樣了。」

不只是朝令夕改，而是中午就推翻了早晨的話語，但是深雪並不排斥。

「我今天就去找。」

深雪雙手緊緊握拳，堅定地做出宣言。

「我也會問問看，所以妳別太勉強自己喔。」

達也笑著安撫心急的妹妹。

「——A班那邊怎麼樣？」

兩人都吃完飯並蓋上便當盒蓋之後，達也提出了這個話題。

「雖然會變成那種狀況是在所難免，但我不太自在。大家都只是遠遠地投以好奇目光，就算有講話，也是含含糊糊的感覺。」

「我這邊是今天沒有任何人找我說話。」

「穗香與雫今天也沒找我說話。」

達也聽完蹙起了眉頭。

「……她們在生氣嗎？」

「若是我主動搭話，她們也多少會回應一下……嗯……至少我覺得她們在迴避我。」

如此回答的深雪看起來有點落寞。

「既然不是拒絕交談，應該不要緊吧？我想她們兩人都能理解我們不得不這麼做。」

「……但願如此。」

深雪露出的笑容感覺有點怯懦。

「妳就當作不要緊吧。預先擔心情況惡劣時的事情也沒有意義。」

達也將手貼上深雪臉頰。深雪將自己的手心按在達也的手上，閉上雙眼。

「是。」

「有些事情可以用時間解決。現在還不到悲觀的時候。」

「說得也是……不過，哥哥也一樣喔。」

深雪以調皮眼神注視達也的雙眼。

「以哥哥的個性，您大概也打算在『時間解決問題』之前都不去理會朋友對吧？我認為偶爾也要主動出擊喔。」

「真是敗給妳了。」

達也露出像在說「被妳贏了一次」的表情苦笑。

◇ ◇ ◇

回家之後，達也撥打了直通四葉家當家的電話號碼。

直到去年除夕，達也都不被允許直接打電話給真夜，但現在「對外」的身分是母子。即使達也打電話給真夜，也不會有人責備。

深雪在達也身旁待命。平常這時候應該已經是準備晚餐的時間了，不過深雪也「大致」明白事情的優先順序。所以今天的晚餐就交給水波全權負責。

『久等了。達也主動聯絡正好。』

其實這是第二次打電話。第一次打電話的時候，出現在視訊電話畫面上的是葉山。他要求大約二十分鐘後再打過來，達也也照做了。

「請問有什麼事？」

『先說你有什麼事吧。』

達也很在意真夜找他們有什麼事，不過他這時候還是選擇乖乖遵照真夜的指示。

「今天第一高中的百山校長找我們過去。」

達也以此作為開場白，向真夜報告百山所說的內容。

『百山校長嚴正抗議啊……』

真夜以聽來有點樂在其中的語調低語。聽起來也像是私下和百山校長有交情。

『無論如何，報告辛苦了。你們不用特別做什麼事。』

「知道了。」

達也與深雪朝鏡頭低頭。

『我也有事情要通知。』

真夜在兩人抬起頭時開始說明。

看來不是新的任務。如此心想的達也決定洗耳恭聽。

『我們透過魔法協會告知你們的婚約之後，一条家提出了異議。』

「姨母大人，一条家為什麼要這麼做？」

深雪詢問真夜的語氣表面上很冷靜，深處卻蘊含強烈的憤怒。對達也與真夜來說，這點不難察覺。

『雖然非常難以啟齒……』

就算這樣，真夜也沒收回即將說出的話語。她不是為深雪著想，而且反倒可以窺見她是以欣賞情緒激動的姪女為樂。

『一条家的說法是血緣太近。說魔法師天分是國家財產，不能讓下一代繼承異常基因。』

「這……」「不只是這樣吧？」

達也打斷想要大喊的深雪，質疑真夜這番話。

「預防下一代基因異常的論點，不只適用於魔法師。也是因為這樣，法律才會限制可以結婚的親等吧。」

『理由不只這個，但這確實是最大的理由。』

「反過來說，即使是十師族，也沒有任何資格對合法的婚約提出異議。一条家應該還有說些什麼吧？」

達也的指摘使真夜露出滿足的笑容點頭。

『一點都沒錯。不愧是達也。』

而達也卻是就算被誇獎，心裡也沒有滿足感。

「他們究竟說了什麼？」

『這個嘛……其實是他們的長子向深雪提親呢。』

「請拒絕他們！」

深雪隨即對真夜的回答如此大喊。

「深雪。」

『達也，沒關係。』

達也規勸大呼小叫的妹妹，不過真夜卻對深雪這個令人會心一笑的反應表示寬容。

『深雪會生氣也是理所當然的。而且，我也對有第三者向已經宣布訂婚的人提親感到不以為然呢。』

「那麼，您已經拒絕了……？」

深雪抱著期待詢問。

『不，還沒喔，深雪。我暫時不會回應一条家。』

然而真夜的回答是含糊的「否」。

「這樣不會使我們的立場惡化嗎？」

達也問完，真夜就一副在說「我明白」般地點頭。

『我不打算一直扔著不管，所以你們也別在意這件事。』

「意思是不要輕舉妄動對吧？」

『嗯，就是這麼回事。你們就一如往常地「和睦」度日就好。』

真夜語帶玄機地強調「和睦」兩個字——

「姨母大人……」

令深雪露出嬌羞的表情移開目光。

「我知道了。」

不過達也連眉頭都不顫一下，直接以規矩的態度朝鏡頭行禮。

◇　◇　◇

新學期進入第二天，第一高中學生面對達也與深雪的態度也沒有改變。他們不會貿然接近，卻也隱藏不了好奇心。反正這種事也不會只過了區區一天就得到改善——不過要惡化，只需要一天就夠了。

在第一高中，眾人原本就傾向於將深雪視為偶像。光是她的容貌與實力，就十分難以令人接近了，如今還加上了家世背景。不只是同年級或低年級，連高年級都難免感到退縮。

至於達也的狀況，則是不少學生心中都暗藏著對他的「恐懼」。恐懼。懼怕。害怕。對於異常強者懷抱的恐怖、畏怯、忌憚。得知達也是「那個」四葉家的直系之後，這種情感就變本加厲。雖然很怕靠近他，卻也怕得無法忽視。而這股恐懼最後便顯現成對他的冷漠。

不過，年輕高中生對兩人的好奇當然不只如此。從以前開始，明星或偶像的花邊新聞就是備受世人矚目的焦點。感情和睦過頭的兄妹其實是表兄妹，又是未婚夫妻，而且還同居，這要人不想入非非鐵定是強人所難。

早上開始上課前，剛來學校的水波在一年C班教室裡，被主要是由女學生所組成的人牆包圍起來了。

「就說了，和以前沒有兩樣。」

水波從剛才就反覆地如此回答。衍生出來的回答種類還有「沒做這種事」、「這事不能由我說明」、「抱歉無法回答」等等。

「咦～但他們整天都在一起吧？」

「既然這樣，那休息的時候也會……對吧？」

人牆中響起尖叫聲與歡呼聲。相對的，水波卻是悄悄嘆氣。

「就說了，達也大人與深雪大人都沒做那種事。」

即使知道對方聽不進去，水波依然規矩地回答，以免沉默被解釋為肯定。

大概是這份毅力成功奏效，下一個詢問的內容變了。

「話說回來，櫻井同學，妳在十二月前都稱呼司波學長他們是『達也哥哥』與『深雪姊姊』對吧？難道妳也是四葉家的人？」

圍著水波的同學們突然停止交談，屏息注視水波將會如何回答。

「之前那樣稱呼是達也大人的指示。我是服……那個，有接受四葉家的援助……」

水波差點老實地說出自己是「服侍四葉家的人」，在千鈞一髮之際改口。但也因而支支吾吾起來，語氣聽起來完全是「有所隱瞞」。

「咦～真的嗎？」

「真的。」

水波確實在說謊，所以否定眾人疑惑的聲音也不夠堅定。不過就算拉高分貝否定，肯定也只會被解釋為想要以氣勢打馬虎眼。

「是喔……四葉家也會做這種事啊。」

魔法師的工作大多很危險，所以殉職魔法師的子女被雇主或同事收養的狀況並不稀奇。在這所第一高中……不，在一年C班也有這種學生。眾人沒有因為水波說「接受援助」就變得畏縮或尷尬，就是基於這個原因。

「可是既然是接受援助，那妳也不是和四葉家完全沒關係吧？」

但是，也絕不代表一般都會在當事人面前追根究柢地問下去。

「不，並沒有……」

「好了好了，快要上課了！大家該回座位了，不然會扣分喔。」

班上同學毫不客氣地問得水波支支吾吾時，一名剛到學校，而且是班上領導人物的少女出面解救了她的困境。

「七草同學？可是現在還……」

一名女學生以終端機確認時間後，想要對從大家身後大聲介入問話的香澄回嘴。

「快、要、上、課、了、喔。」

但香澄打斷她的話語，掛著笑容重複剛才那句話。

「說……說得也是。」

圍著水波的學生們三三兩兩地回到自己的座位上。他們不是承認香澄說得對，而是懾於她笑容的魄力。

雙手抱著胸目送眾人的香澄在哼了一聲後準備回自己的位子坐下。

「那個……七草同學，謝謝妳。」

水波在她身後輕聲說道。

「別客氣。因為我也討厭那樣。」

香澄轉頭看向後方，送她一個秋波。

下課時間時，大家沒有以水波為中心圍出人牆。不過這是因為第二堂課是需要換教室的實習課，沒這種閒時間。但很遺憾，午休就躲不掉了。班上想帶水波到餐廳慢慢問清楚的同學不只一兩人。

隨著上午課程結束的號令一出，一年C班有一半以上的人都站了起來。

「櫻井同學，妳要去學生會室吧？一起去吧。」

不過，搶得先機的是香澄。

這就某方面來說是理所當然，因為一年級的座位是男女各自以姓氏五十音順序排列。而香澄的姓氏是七草(Saegusa)，水波是櫻井(Sakurai)，所以香澄的座位就在水波前面。既然眾人是同時行動，那香澄當然會是第一名。

「啊……好的。」

被搭話的水波，嚇得瞪大了雙眼。這也是在所難免，因為兩人同班又座位前後相接至今九個月，但這還是香澄第一次主動邀水波。

香澄對水波本人沒什麼不滿。只是因為她是達也的親人，所以會下意識地迴避。看見這樣的她今天突然做出這種舉動，也不只有水波感到吃驚。

「好了，走吧。」

在香澄的催促之下，水波連忙拿著裝便當盒的手提袋起身。

「那個，七草同學……」

就在配合香澄的腳步，與她並肩爬著通往學生會室的階梯時，水波以一臉很想問些什麼的表情搭話。

「嗯，什麼事？」

一眼看出她用意何在的香澄用簡短話語要她詢問。

「繼早上那次之後，我要再次感謝妳。可是，妳為什麼要幫我？」

水波認為香澄雖然不討厭她，卻也對她沒好感。這絕對不是水波擅自斷定。事實上，香澄與水波之間幾乎只會進行必要的交談。而水波也沒有積極搭話，所以是彼此彼此。不過正因如此，水波才會對香澄今天這樣伸出援手的行為感到意外。

「我不是說了嗎？我討厭那樣。」香澄投向水波的笑容有點僵硬。水波推測原因在於兩人交情不太親密，不過，香澄其實是因為聽到水波直接言明「妳幫了我」而害羞。

「我了解遇到那種情況的心情。大家應該只是基於小小的好奇心隨口詢問，不過站在被問的人的角度來看，會覺得他們神經很大條吧。」

「的確。」

水波不是被無心的詢問傷害了心靈，只是因為基於立場有太多事無法回答而為難。但她同樣希望他人察覺她的心情，所以水波不是客套回話，而是自然同意香澄的說法。

「啊哈，因為人家至今也留下很多討厭的回憶。」

香澄大概是知道水波是由衷表達共鳴，便不禁鬆懈下來，說出在學校會避免使用的「人家」這個自稱。

香澄沒察覺這一點。

陌生的第一人稱使水波疑惑了一下，但她訓練有素的侍女技能並未讓香澄發現這點。

◇◇◇

一月十二日，星期六。新學期開始之後的第一個週末。

週六只有上午要上課，但部分學生會留在校內進行社團或委員會活動，所以餐廳還是會為他們營業。艾莉卡、雷歐、美月參加社團活動，身為風紀委員的幹比古要值勤，所以四人聚集在餐廳為下午做準備。

和上個月比起來，一起吃午餐的人數減半了。達也、深雪與穗香是學生會幹部，所以是直接去學生會室用餐——如果是這樣倒還好，不過從新學期開始到昨天，達也與深雪似乎不是在學生會室，而是悄悄在其他房間吃午餐。這是艾莉卡從雫那裡聽說的情報。

用餐時聊得不熱絡，並不只是因為人數少。主要原因反而是開心果艾莉卡的表情與舉止透露出不耐煩的情緒。

幹比古大概是覺得這種時候還是趕快撤退為妙，速速吃完後就準備離席。

「Miki，等一下。」

但幹比古屁股還沒離開椅子，艾莉卡就叫住了他。

「幹嘛啦？」

幹比古以強硬語氣詢問，好掩飾被發現自己想逃走的慌張心情。

「等美月吃完再說。」

艾莉卡當然不會因為這樣就感到怯懦。因為幹比古與艾莉卡這段對話而失去平靜，變得提心吊膽的人，反倒是美月。

最後，美月留下了約三分之一的餐點，放下筷子。

現在四人的座位是艾莉卡旁邊坐著美月，正前方是雷歐。

艾莉卡朝坐在斜對面的幹比古探出上半身，尖聲詢問：

「Miki，你到底是什麼意思？」

「什麼意思？妳在問什麼？」

幹比古強勢地回嘴，但他的語氣難以稱得上流利。

「喔～不明講就不懂啊？那我就講給你聽！」

艾莉卡的掌心朝桌面打下去。

巨響使得眾人好奇地將視線集中在艾莉卡身上，但她毫不在意。

「我是在問你，躲著達也同學是什麼意思啊！」

周圍鴉雀無聲。餐廳眾人的視線集中在艾莉卡與幹比古身上。艾莉卡依然無視那些視線，幹比古則是沒餘力注意這件事。

「我……哪有躲他……」

「啊？你想裝傻啊？」

艾莉卡的目光令幹比古感到畏縮。

「你躲著達也同學這種事，連這個笨蛋都可以一眼看出來喔。」

艾莉卡以拇指指向雷歐。

「妳說我笨蛋是怎樣啊！……不提這個，幹比古，這個母老虎說得對……」

雷歐說到這裡就突然發出慘叫。

「好痛……妳這傢伙在鞋子裡藏了機關對吧！」

「不是鐵板之類的東西，放心吧。」

要說他們之間發生了什麼事情，就是艾莉卡在桌面下踹了雷歐的小腿骨。

帶刺的氣氛因此稍微緩和。這不只對於幹比古與美月是如此。

「唉……總覺得氣都消了。」

對艾莉卡來說，能在事情變得無法收拾之前喘口氣也是好事。

「唉，算了。Miki，其實我根本用不著問你躲著達也同學是什麼意思。不過，就算達也同學是四葉家的人，也不構成你可以躲他的理由。你這樣太不夠朋友了。」

艾莉卡目不轉睛地注視幹比古的雙眼。如果只是吵架挑釁，幹比古就有辦法繼續賭氣下去。

但被投以如此真摯的眼神，目前心有愧疚的幹比古就不可能裝蒜到底。

「……不是因為他是四葉家的人。不，這也是原因之一沒錯，不過我是在氣達也沒有坦白任何事情。」

幹比古嘴裡說生氣，可把視線撇向斜下方的他卻是一臉不甘心。

艾莉卡不禁和雷歐面面相覷。

「喂喂喂，幹比古，你這樣講不太對吧？」

雷歐耐心勸說不肯直視大家的幹比古。

「我認為達也也不是自願隱瞞啊。背負『傳統』這種玩意兒的你應該最清楚吧？」

「Miki。」

幹比古聽到雷歐這番話沒做出任何反應。接著換艾莉卡嚴厲詢問：

「假設達也同學有親口說明真相，那你又會怎麼做？」

幹比古被說得啞口無言。不對，他其實想回嘴，卻支支吾吾的，似乎是找不到合適的話語。

艾莉卡趁機毫不留情地再三批判。

「知道達也同學是四葉家的直系，你會說『喔，這樣啊』就了事嗎？會一如往常地和他來往嗎？我看到現在的你，實在不認為你會那樣。」

幹比古無法回嘴，也沒辦法臨場擠出謊言。

「Miki，你啊，到頭來只是被四葉這個名號嚇到了而已啊。」

「……那妳呢？」

幹比古逞強的面具終於剝落。他放棄抵抗，以鬧彆扭的語氣反問艾莉卡。

不過這是愚蠢的問題。

「那還用說，當然是嚇到了啊。」

喜歡裝壞獻醜的艾莉卡，不可能會在這種事上虛張聲勢。

「畢竟是『那個』四葉家的人，如果完全無感，可不叫作膽大包天，只是普通的笨蛋。那早就不是只能用一句『我先前都不知道』了事的等級了。」

「那妳為什麼可以一如往常地和他來往！」

「那還用說，當然是因為我們是朋友啊。」

艾莉卡以和剛才承認自己很害怕時完全相同的說法回答幹比古這個問題。

「四葉家很恐怖。都不知道會被他們做什麼，感覺毛毛的。不過達也同學是朋友。就算無法相信四葉家，我也可以相信達也同學。即使他對我們隱藏很多事情，也是一樣。」

艾莉卡注視幹比古的雙眼，進行說服他的最後一擊。

「再說，Miki隱藏的祕密也有一二十個吧？」

「這……」

「別想說沒有。我跟你認識這麼久，可不是認識假的。」

「…………」

「我自己也有。我有很多不想被知道，和今後也絕對不打算坦白說出口的事。」

幹比古尷尬地移開目光。他大概猜得出艾莉卡所說的「不想被知道的事」是什麼。

「你說他沒把祕密告訴你是嗎？你們又不是夫妻，他不講不是理所當然嗎？」

幹比古消沉地低下頭。現在的他連一絲藉口都不剩了。

「為什麼……艾莉卡與雷歐都能立刻看開？」

在幹比古視線範圍之外，艾莉卡瞥向了雷歐。

「因為我沒和四葉家交手過，不知道四葉的魔法師到底是多危險的傢伙。但我了解達也。因為我了解達也是個超危險，卻是能徹底信任他的傢伙。」

雷歐難為情地故意露出笑容。

「雖然可能是個誤會啦，但我是這樣看透的。就算是上了他的當，我也可以接受，最重要的在於達也是我的死黨。只因為有這種『可能』就改變來往方式，實在是太蠢了。」

「雷歐……你真了不起。」

愣愣注視雷歐的不只是幹比古，艾莉卡也一樣。她發現幹比古的目光移向自己，便連忙裝作若無其事的模樣。

「艾莉卡也一樣嗎？」

「不。我也……沒有立刻整理好心情。但我不會把這種情緒拖到三四天這麼久。」

她是在去年二月知道達也的底細。雖說「知道」，應該說只是「察覺」，但她同樣很受打擊。然而即使各方面的狀況不同，艾莉卡同樣不到一天就從這種心理傷害中重新振作了起來。

如果艾莉卡那時候沒受到任何打擊，這次幹比古的態度肯定不會讓她想這麼多。但她無法忍受幹比古一直受到她已經跨越的傷害束縛。

「……這樣啊。」

幹比古閉上雙眼，停止動作。這副模樣沒有冥想那種安詳，而是表現出他糾葛的內心。

「……我知道了啦。」

睜開雙眼的幹比古對艾莉卡這麼說。

「我也將達也當成朋友，所以我會努力。我會在下週一回復為原本的樣子給你們看。」

他的表情舒暢了些。

艾莉卡滿意地笑了出來，換看向身旁的美月。

「美月，妳也是喔。」

「咦？」

美月這個反應與其說是因為突然被搭話而嚇到，更像是在為鋒頭已過感到安心時被冷不防射了一箭。

「美月也不要冷漠地面對深雪與達也同學。Miki都說會努力了，妳也做得到吧？」

「嗯……」

「做、得、到、吧？」

「唔……嗯。知道了！我會努力！」

艾莉卡強迫沒什麼自信的美月允諾。

「柴田同學，我也會努力，所以我們一起加油吧。」

幹比古如此鼓勵美月。

「……好的！一起加油吧！」

美月也積極地點頭回應。

其實艾莉卡在美月面前責備幹比古，主要是想讓美月積極面對。艾莉卡預料光說服美月一個人應該也不會成功，所以先讓幹比古帶頭保證要和達也修復友誼，企圖讓美月也跟著這麼做。

成果完全符合艾莉卡的規劃。

但是艾莉卡目睹美月與幹比古依照她的計畫（在精神上）牽手相互鼓勵，卻不禁像是在說「真看不下去」般撇過頭去。

◇　◇　◇

在艾莉卡（加上雷歐的部分協助）的說服之下，幹比古與美月決心放下內心對達也與深雪的芥蒂。

不過，穗香沒能這麼輕易地轉換自己的心情。

她也已經決定今後要如何面對達也，卻還沒踏出腳步付諸實踐，也還沒有決定該如何和深雪來往。

穗香將深雪當成朋友。

但深雪同時也是最棘手的情敵，而且領先了穗香兩三步。

關於這次，就結果來說是受騙的狀況，穗香在雫的勸導之下，已經幾乎不在意了。她現在認為達也與深雪也同樣是受騙的一方。

但穗香還無法和以前一樣，自然地和兩人相視而笑。穗香處於這種狀態令深雪也心生顧慮，導致態度變得不太自在，使得這份尷尬形成負面循環。

現在穗香也是如同要逃離學生會室般，走在前往社團聯盟總部的路上。穗香的職位是學生會會計，其中一項工作是和社團聯盟討論各社團申請的追加預算，所以她前往社團聯盟總部一點都不奇怪。但即使旁人不覺得突兀，她也知道自己無法安心待在學生會室——待在有深雪的房間而逃過來。這份自覺使穗香更加消沉。

社團聯盟現任總長五十嵐是和穗香同社團的男子組社長，從一年級就和穗香熟識，個性會被歸類在溫柔與軟弱的微妙界線上。有句慣用語是「不能成毒也不能成藥」，而五十嵐是偶爾可以成為藥，但再怎麼樣都不會成為毒的少年。

雖然他並不是穗香喜歡的類型，不過在這種內心脆弱的時候，和這種人相處在心情上會很輕鬆。若有人在消沉時想轉換心情，他會是個適任的交談對象才對。

「打擾了，我是學生會的光井。」

「請進。」

穗香朝對講機告知來訪之後，對方並不是從擴音器出聲回應，而是直接開門帶她入內。現身的學生是一年級的執行部成員——七寶琢磨。

琢磨是新生總代表，雖然入學當初在同年級之間的風評不佳，但他在四月底的某天以後，就有了大幅改變。

他的自我主張一如往常地強烈，卻不再強加於人。

而且就算依然喜歡爭取主導權，但獨善其身的一面不復見，變得會顧全大局。

容易情緒化的性格不變，不過聽到別人指責過失就會率直地反省道歉。

最重要的是旁人清楚看見了他努力讓自己改變與成長這一點，使他獲得同年級學生的共鳴與信賴。

在大家對他的好感累積之下，琢磨在夏季九校戰時，已經變得能讓大家自然選他來管理一高代表隊一年級的九名男選手了。

後來他也沒有自大，而是確實提升著自身的實力。如今不只是同年級，認同他努力的高年級學生也變多了。

昔日琢磨找達也碴的時候，穗香也覺得他給人的感覺很糟。但現在沒對他抱持不快的印象，而是把他視為一名優秀的學弟。

「我和五十嵐總長有約。」

「總長嗎？剛才有人找他過去。」

穗香離開學生會室時，有知會過她現在要前來這裡，不過五十嵐似乎被叫去處理臨時出現的問題了。前總長服部設立的執行部輪值制度，原本是用來去除工作集中在領導者身上的弊端，不過五十嵐天生的大好人個性似乎造成了反效果。

如果只是湊巧倒還好——穗香輕聲嘆氣。她的心理狀態明明沒有好到可以擔心別人，卻不禁思考起這種事，反映出她人太好。穗香在這一點上沒資格對五十嵐說三道四。

「請問是急事嗎？」

既然不在也沒辦法，回去吧。這麼心想的穗香正要轉身時，琢磨以這句詢問叫住了她。

「嗯，但既然他不在，我想改個時間再過來。」

「請稍待一會兒。」

琢磨大概是輪值到負責聯絡的工作，戴著無線耳麥。這是和腦波輔助裝置一體成形的機種。他將聽筒放回耳朵，走向桌面上的終端機。

「我是總部的七寶……學生會的光井學姊找您……好的，知道了，我會這樣告知。」

琢磨再度拿開耳麥，起身面向穗香。

「光井學姊，總長說他立刻回來，希望學姊等他。」

「立刻……大概是多久？」

「我沒問清楚，不過按照往例，大概是五分鐘左右。」

因為光是從這裡回到學生會室就要五分鐘左右，加上穗香還不想回學生會室，她便依照琢磨的建議留在這裡等。

（可是最近經常不在學生會室，堆了很多資料處理的工作呢……）

不過，穗香要是無所事事地發呆，就會不禁滿腦子想著一些逼死自己的事。這只能說穗香的個性就是如此。

（如果請達也同學幫忙的話，一下子就能做完了……但是現在這麼尷尬，我根本就不敢拜託他……

（可是，深雪應該有在管理工作進度……要是我什麼都沒說，她也找達也同學處理……我會不會被當成可有可無的人？）

穗香逕自臉色蒼白了起來。

「那個……光井學姊，妳不舒服嗎？」

「咦？」

旁人看到這樣的她，十之八九都會這麼認為。即使是本性「唯我獨尊」的琢磨也一樣。

不過，沒有自覺的穗香不知道他為何這樣問。再說，她這些沒有多想就湧上心頭的想法，也只是近似妄想的思考，一被人像這樣搭話就會忘記剛才在想什麼。臉色之所以還有點蒼白，只是需要一些時間復原罷了。

「我沒事喔。」

不過這種反應在旁人眼中只像是在逞強。

琢磨也這麼認為。

而且還在內心加上自己獨到的解釋。

「光井學姊，那個……」

「嗯？」

「那個……我很清楚這是多管閒事，不過司波學長的事就……」

「等一下，七寶學弟，你究竟誤會了什麼？」

慌張的穗香想阻止琢磨說下去。

但琢磨雖然誤會穗香身體不舒服，也絕對沒有誤會穗香消沉的理由。

正因為沒錯，穗香才會慌張。她不想聽琢磨接下來要說的話。

「我覺得學姊還是放棄司波學長比較好。」

然而琢磨卻說出來了。

「住口！」

「可是這樣下去，學姊只會受傷啊！」

琢磨已經洗心革面，改變了對人的態度。即使如此，他也沒有連野心都捨棄掉。拉攏穗香這個前途無量的魔法師，順利的話也讓雫加入陣營——他沒有打消這個念頭。

但更重要的是，琢磨被穗香這個人給深深吸引住了。

在琢磨跟香澄起衝突後和七草姊妹比賽的那一天，只有穗香對見人就頂撞的琢磨溫柔伸出援手——不過客觀來說，穗香只是在琢磨被十三束打倒時蹲下來詢問「站得起來嗎？」而已，沒有進一步多做什麼……例如伸手或是拉他起來之類的舉動。

這份美化過的記憶令琢磨對穗香開始抱持好感，但還不到堪稱戀愛的程度。他們彼此沒什麼，所以這樣的情感也算適當。

然而今天兩人偶然單獨共處一室，琢磨又目睹穗香「為情所苦」的樣子，使他情急之下就失控了。

「學姊！其實我……！」

穗香緊閉雙眼，摀住雙耳。

琢磨朝穗香摀耳的雙手伸出手。

「七寶，你在做什麼……？」

但這場突發狀況，並沒有更進一步的進展了。回到總部的總長五十嵐這句話，阻止了琢磨的失控。

五十嵐並非一個人。雫無聲無息地從他背後走出來，繞到穗香面前抱住她的頭。

「雫……？」

「對，是我。」

雫反覆溫柔輕拍穗香的背，像是在對她說「已經沒事了」。

穗香放鬆了僵直的身體。

雫就這麼抱著穗香轉頭，朝琢磨投以冰冷目光。

「你剛才想說什麼？」

她聲音的溫度，就和眼神一樣冰冷。

「妳問我想說什麼……」

琢磨那句「其實我……！」原本是要接著說「我很擔心學姊！」。

「居然趁人內心脆弱的時候追求，爛人。」

所以雫的責備其實是誣賴。但這並不完全是冤枉。

沒能對雫回嘴的琢磨，或許也察覺了自己有這種意圖。

「穗香，走吧。」

雫帶著穗香離開社團聯盟總部。

琢磨沒有吐出慰留的話語。

眼睜睜看著自己被爽約的五十嵐，就這麼不明就裡地愣在原地。

◇　◇　◇

這天，穗香沒回自己的住處。因為她一樣仍和達也與深雪分頭放學走到車站時，被雫「命令」今天要住她家。

不是要求穗香過來住，完全是強迫。

穗香不排斥住雫家。她知道現在的自己內心充滿猶豫，其實不太想這麼做，卻也覺得獨處的話會越來越消沉，所以她也很感謝雫這樣邀她。

穗香久違地和提早返家的雫的父母共進晚餐，一如往常地和雫一起洗澡。不過她們這時候只聊不痛不癢的家常話。

和以往不同的，是雫後來帶穗香前往的房間。

北山家有一個穗香的房間。名義上是客房，實質上是為穗香準備的房間。不只裝潢完全配合穗香的喜好，衣櫃裡包含內衣的換洗衣物也是一應俱全。

但穗香鮮少使用這個房間。穗香來北山家住的時候，大多是在雫的房間和雫睡同一張床。不過今天雫卻是帶穗香前往「穗香的房間」。

乖乖進房坐在床上的穗香一改至今開心的表情，一臉痛苦，難受地低下頭。

雫坐在穗香前面。

她跪坐在地毯上。

坐在床上的穗香，頭的位置當然比較高。穗香低下的臉，正對著仰望的雫。

「穗香。」

「我知道……」

穗香把頭壓得更低，避開雫仰望她的視線。

「大家覺得我很可憐對吧……」

穗香的嘴唇中發出隨時可能變成嗚咽的聲音。

「我明明一點也不可憐。」

「但妳露出了那種表情。」

「咦……？」

穗香抬起頭。

雫的視線和剛才一樣，仍固定在穗香臉上。

「穗香，妳這星期一直是這種表情。」

「哪種表情……？」

「很可憐的表情。」

穗香一臉受到打擊的表情，按住了嘴。

「不會吧……」

「七寶那樣都還算好喔。」

雫無視於穗香的反應，讓她正視無情的事實。

「大家都遠遠看著妳，覺得妳很可憐。」

「我不求大家這樣！我不想被同情！」

「這和妳怎麼想無關，因為別人是為了自己而同情妳。」

雫拉開穗香遮住眼睛的雙手，逼她和自己四目相對。

「大家會同情別人很可憐，藉以確認自己不可憐，好讓自己安心。」

「我……我才不可憐！」

「嗯。」

雫點頭回應穗香擠出來的這句話。

穗香主動和雫的視線、雙眼相對。

「我知道穗香不可憐。但是大家不知道。」

雫一直看著穗香。

「大家不知道妳的決心，也不知道妳是堅強的女生。」

穗香以眼神同意雫的話。

「因為妳沒以態度證明自己不可憐。」

雫放開穗香的手，站了起來。

「穗香。」

這次輪到穗香仰望起身的雫。

「星期一。」

穗香一臉緊張地倒抽一口氣。

「讓我見識一下妳不是可憐的女生吧。」

雫留下無法回應是否做得到的穗香，離開了房間。

◇　◇　◇

一月十三日，星期日。達也來到ＦＬＴ的研究設施。即使是假日，ＣＡＤ開發中心的開發第三課依然到處都看得見人影。

正如其名，這個設施主要負責開發ＣＡＤ，但達也現在投入的工作不是開發新型ＣＡＤ，也不是改良ＣＡＤ用的軟體。

達也目前正在設計使用恆星爐的資源、能源生產設備，以及將魔法運用在非軍事領域的標準化設備。

公司不知道達也想做這種東西。因為他沒報告。達也不是ＦＬＴ的職員，而是和公司簽約的研究員，所以他除了有保密義務之外，擁有相當自由的權限，才會做得到這種事。

達也在開發第三課有自己的專用房間，所以只要想保密，就可以徹底隱瞞自己在做什麼。即使是托拉斯．西爾弗的另一名成員牛山，也尚未聽到達也提及這個計畫。

不過，課員的態度也不會因此改變。

「啊，早安，少爺。」

「少爺早安。」

前往專用房間的途中，人們接連向達也打招呼。他們先前就知道達也是四葉家的人了。因為達也今年第一次來公司時就召集了開發第三課的成員，自行公開這個消息。

即使如此，叫他「少爺」的眾人態度依然沒變。這個部門原本就是奇人異士的聚集處，成員大多不將權威放在眼裡，所以就算達也是四葉家的魔法師，或許他們也只會覺得「那又如何」。總之用不著操無謂的心，對達也來說也是好事。多虧如此，他也得以專心製作專案計畫書。

將魔法運用在非軍事領域的計畫「以恆星爐抽取太平洋沿海地區海洋資源並去除海洋有害物質（Extract both useful and harmful Substances from the Coastal Area of the Pacific using Electricity generated by Stellar-generator）」設施的建設計畫──「ESCAPES」。也是被打造為兵器的魔法師用來擺脫宿命的「逃離手段」。

這個計畫原本是設計為用在「逃離」四葉之後的生活手段。四葉邀達也成為本家一分子後，他的動機雖有所改變，但是將魔法運用在非軍事領域的大方向並沒有變。以魔法驅動核融合爐產生能量，提供穩定的電力與燃料以及礦物資源等副產品，在產業社會占據一定的地位，使魔法師藉以在非軍事領域確保生活手段。這就是這個計畫的基本思維。

太陽能、風力、生化能源等自然能源、可再生能源在電能與熱能中所占的比重增加，使得現代產業比以往更容易被每年的氣象條件影響。

不仰賴石化燃料與核分裂能源的社會確實為人樂見。不論是在永續發展的意義上，或是在保衛人類生存環境上，都是如此。但另一方面，燃料與電力供給變得不穩定也是毋庸置疑的事實。衛星軌道太陽能發電系統有辦法演變成全球性的計畫，也是因為人們在追求不受氣象條件影響的穩定電力來源。

達也正在規劃的架構有四種功能：一、直接供給由恆星爐產生的電力。二、運用恆星爐產生的電力與高熱能，以高溫水蒸氣電解法製作氫氣。三、運用恆星爐的電力以逆滲透法萃取純水。四、從萃取純水後的濃縮海水中取出有用資源與有害物質。

只不過，達也雖然精通魔法技術，工業技術相關的知識則是停留在高中生水準。恆星爐以外的技術必須依靠專家協助。製造氫氣、萃取純水或是回收海水裡的資源，也不是不能全用魔法完成，但是這樣對於魔法師的負擔會過重。要是魔法師成為工廠的螺絲就本末倒置了，而且只需要仰賴魔法師的產業系統也非達也所願。

（要向非魔法領域宣傳，我想就應該透過魔法協會進行吧。畢竟比起四葉家的名號，協會的名號比較容易找到合作夥伴，也能避免魔法協會反彈。問題在於具體的步驟。）

整體概念已經完成了。恆星爐的周邊系統也預定在三個月內完成概念設計，半年內完成基本設計。達也也理解接下來不可能由他獨力完成。

（考量到我還是高中生，現在推動計畫似乎太早了……）

或許會因為過於年輕，導致沒有人願意認真理會他。這是達也現在最擔心的一件事。

[3]

新學期第二週的星期一早上。

「早安。」

達也進入二年E班教室時，鄰座的美月「就像以前那樣」地向他道早安。

「美月早。」

美月以笑容回應達也的回禮。但她的笑容有點僵硬。

如果是自然的笑容，達也鐵定會反覺得可疑。

看美月即使是在勉強自己也試著若無其事地笑，使他感受到朋友的好。

達也認為，如果自己處於美月的立場，肯定想更疏遠這樣的可疑人物。美月不熟悉魔法師的世界，想必更覺得四葉一族的惡名恐怖無比。不只如此，達也還是隱瞞真實身分將近兩年的可疑人物，但美月這樣的「平凡少女」卻依然嘗試將他視為朋友對待。達也的感性沒有耗損到會認為這是理所當然。

達也嘴角掛著微笑，走到自己的位子。

達也就座的同時，一旁靠走廊的窗戶也被人打開，發出了聲音。

「達也同學，早安。」

「艾莉卡，早安。」

隔著窗戶搭話的是艾莉卡。今天雷歐沒有和她在一起，但達也並未提及這一點。她記得艾莉卡有氣呼呼地說過「別把我們當成一對」。艾莉卡與雷歐沒在交往，即使分開行動，也沒什麼好奇怪的。

「美月妳也早安！」

「艾莉卡，早安。」

美月露出很適合她的春陽般笑容，令艾莉卡頻頻滿意地點頭。

光是這樣，就能知道美月的變化是來自艾莉卡的愛管閒事。

「艾莉卡，妳怎麼了？看起來心情這麼好。」

但達也刻意這麼問。

「咦，沒什麼事啊。」

艾莉卡的回應正如達也預料。

◇　◇　◇

上午課程結束後，深雪起身準備前往和達也約好在那裡見面的實技大樓。實技大樓有一間用來上團體戰術課的會議室，那裡就是兩人這幾天吃午餐的地點。

他們已經像這樣避人耳目地偷偷摸摸吃午餐快一週了。深雪很高興可以和達也獨處，卻也像是體認到他們倆的關係不受祝福而略感落寞。

總之，不能讓達也等太久。如此心想的深雪正要踏出腳步時……

「深雪。」

穗香從後方叫住了她。

「穗香，怎麼了？」

穗香緊張得表情僵硬。

總是掛著相同表情的深雪，其實也在緊張。除了公事相關的交談，她幾乎一個星期沒和穗香說話了。

不，要說緊張的話，實際上二年A班所有人都屏息注視著面對面的深雪與穗香。

「妳……妳要吃午餐對吧？要不要去學生會室呢？」

深雪一時間無法反應。她自己是希望可以找時間和穗香和好，沒想到穗香會主動示好。

「我也可以加入嗎？」

雫在深雪的語塞被解釋為拒絕之類的不自然狀態之前，從旁邊插嘴。這句話是在幫深雪與穗香兩人解套。

「嗯，好啊。」

深雪露出燦爛的微笑，朝穗香與雫點頭。

以行動終端機收到聯絡的達也進入學生會室時，深雪、穗香與雫已經就座了。不過，三人都還沒動筷子。深雪沒打開便當盒，穗香與雫面前也沒擺任何東西。

「哥哥，等您好久了。」

「達也同學，請坐這裡。」

深雪與穗香起身邀達也入座。位置是深雪旁邊，也是穗香的正前方。雫也站了起來，但她是走到自動配膳機前面，取出保溫中的兩人份餐盤。

四人和樂融融地開始用餐。在餐桌上提供話題的都是穗香與雫，達也他們沒有開話題。感覺穗香與雫都在避免聊到四葉家相關的話題。

祥和的氣氛開始產生變化，是在達也與深雪將便當收回手提袋，穗香與雫將餐盤放回自動配膳機的回收口，接著深雪前去端茶給包含自己的所有人之後——

「深雪。」

穗香起身叫她。她的聲音與表情中透露出緊張。

「什麼事？」

深雪也收起笑容，一臉正經地仰望穗香。

雫目不轉睛地注視兩人的側臉。

達也同樣在深雪旁邊靜觀兩人的狀況。

「那個……那個，我……」

穗香面露拚命神情，擠出話語。

深雪也未曾從穗香身上移開目光，等待她說下去。

「我不會放棄的！」

深雪、達也與雫都看著穗香。這是為了確定穗香的意志，見證穗香的決心。

「我不會放棄達也同學的！」

穗香毫不畏懼沉沉壓在自己身上的視線，徹底表明自己的決心。

「我不會退讓的。」

深雪立刻如此回應。

然後優雅地起身，對穗香伸出右手。

她的手是在要求握手。

「我絕對不會輸給妳。」

穗香握住深雪的手，臉上洋溢著鬥志。

深雪露出了笑容。這張笑容強而有力且蘊含著魄力，無法以「甜美」來形容。

達也一臉想苦笑卻笑不出來的表情。畢竟他目睹兩名少女對彼此發出爭奪自己的宣戰布告，會不知道該露出什麼表情也是在所難免。

而雫則比往常更加面無表情。不對，她平常只是缺乏表情變化，絕對不是面無表情。但她現在刻意收起了表情。

老實說，目前雫依然希望穗香立刻放棄追求達也。然而穗香卻選擇和深雪搶奪達也的心。想到這條荊棘之路會是多麼坎坷，雫就只能拚命克制自己的表情不要扭曲。

◇◇◇

放學後的學生會室也久違地籠罩著友善的氣氛。泉美與水波都有敏銳察覺到這個變化，但兩人都不是會特地追究的少女。更重要的是不和諧的氣氛消失了，讓她們鬆一口氣的心情也反映在表情與舉止上。

不過，並不是所有人都能如此貼心。在高中生之中，做得到的反倒是少數派。

「泉美，氣氛是不是不太一樣？」

在校門即將關閉時，從直達階梯走上來的香澄以不太能形容為低語的音量詢問泉美。

「是嗎？香澄，一切『一如往常』喔。」

泉美維持著柔和的目光，以莫名難以違抗的魄力回答。

看來是惹泉美生氣了——領悟到這一點的香澄，就這麼依然不明就裡地頻頻點頭，不再提這個話題。

「咦？……喔，原來如此。」

同樣從風紀委員會總部走上來的幹比古，反應比香澄好一點。

「什麼事？」

即使達也如此詢問……

「不，沒事。」

他也以和寒假之前相同的語氣——不同於上週的語氣回應。

艾莉卡大概也怒斥過幹比古吧……達也如此心想，不過當然沒說出口。

不過嘴角難免忍不住上揚。

「達也，怎麼了？發生了什麼好事嗎？」

「算是吧。不過是小事。」

沒錯，是小事。但無疑是「好事」。對於深雪與自己來說都是好事。
達也做出這個結論，轉換自己的心情。
「不提這個，讓我看看今天的報告吧。」
「來，拿去。校內沒什麼問題。」
達也大致看過從幹比古手中接過的電子紙後，便以實體按鍵輸入學生會的確認章。
「校外有發生什麼麻煩事嗎？」
達也歸還電子紙，同時如此詢問幹比古。因為幹比古加上「校內」這個但書，讓達也感覺不對勁。
「嗯……被偷拍或跟蹤的學生變多了。」
「跟蹤狂嗎？」
說來疏忽，達也是第一次聽說。最近他光是處理自己的事就沒有餘力了，所以只會注意到切身問題。
「與其說是跟蹤狂……他們似乎是『人類主義者』的團體。」
「你的意思是，我們學校的學生成為反魔法師團體的目標了？」
達也目露凶光。
原本邊做返家準備邊閒聊的深雪與穗香等人，視線也集中在幹比古身上。

「好像還沒有學生被施暴或威脅，不過開始有學生遭受團體人士的謾罵。」

幹比古以忿恨不平的語氣回答達也。

「水波。」

深雪坐回學生會長的座位，呼叫水波。

「是，會長。」

水波起身想跑到深雪面前，卻被深雪以視線阻止。

「風紀委員長現在提的這件事，學生會知道嗎？」

「請稍待。」

深雪問完，水波就按下已關機的桌上終端機開關。這不同於半世紀前的資訊機器，根本不需要開機時間。螢幕上立刻出現操作畫面。

水波在上頭輸入搜尋關鍵字，並唸出顯示的結果。

「找學生會商量的人數是二十四人，件數是三十八件。每一件都有向警方報案，卻沒回報具體的取締成果。」

「警方不管這件事嗎！」

水波告知的事實，使得穗香出聲表示「難以置信」。

「光是謾罵，很難進行取締。」

雫嘆著氣回應。

「畢竟偷拍就算了，跟蹤很難證明。」

幹比古也不耐煩地低語。

如果是橫濱事變那樣有明確的敵人就可以進行反擊，擊垮對方。但如果是混入善良市民內的不明確攻擊，就沒有手段可以反擊。要是動手，就會變成是自己犯罪。再說，大家根本還無法確定敵人是誰，該打倒的對象又是誰。

「我們應該要提醒全校學生吧。要提防對方直接施暴，並且避免反應過度，導致自己變成壞人……不對，變成罪犯。」

「知道了，我盡快處理。」

深雪如此回應達也的擔憂。

◇　◇　◇

一月十九日，星期六。新學期第二個週末。

上午課程結束，接下來是社團和委員會活動的時間。

在這之前需要先補充能量，所以香澄與泉美來到了餐廳。泉美原本想在學生會室和深雪一起吃午餐，但她沒能拒絕香澄心血來潮說「我們偶爾也一起吃吧」的提議。

香澄與泉美在一年級之間都很受到歡迎。不對，在二年級與三年級之間也很受歡迎，不過在一年級之間尤其明顯。兩人都不是善於照顧人的類型，所以並未形成「香澄軍團」或「泉美親衛隊」之類的組織，但同時也和派系鬥爭這種事無緣，被當成「大家的偶像」崇拜。在這方面上，兩人正好與因為善於照顧人而逐漸形成「七寶集團」的琢磨成為對比。

她們沒有特定的跟班，所以要單獨兩人行動並非難事。相對的，卻有端著午餐托盤的一年級學生陸續聚集到她們身邊。

接近的學生大多是女生這點，也是兩人的特徵。但她們卻也不像深雪那樣令男生難以接近，而是被當成吉祥物呵護。

因此雖然周圍人很多，卻沒人刻意介入兩人的話題。兩人在這種狀態下吃著天婦羅蕎麥麵，並在吃麵的空檔進行毫無顧忌的對話。

泉美用餐的樣子和形象相符，但香澄同樣吃得文雅。炸什錦也是先以筷子分成小塊，再很有教養地送入口中。她們不會一邊吃一邊講話，所以吃的速度相當慢。看這幅溫和的用餐光景，肯定很難想像到兩人交談的內容。

「這兩三天，校內的氣氛也平穩多了呢。」

「妳是指關於深雪學姊與司波學長的傳聞嗎？要是大家一直以那種賤陋的個性鬧下去，那還得了。」

「……『賤陋』是什麼意思？」

「下流沒水準的意思。」

「喔，也就是不要以低賤的看熱鬧個性一直鬧下去的意思嗎？」

「簡單來說就是這樣。」

「那妳一開始就這麼說不就好了。」

「同年級就算了，我可不想用『低賤』這種字眼形容學長姊。我想相信，本校的學生都是紳士淑女。」

「但我認為妳講的是同樣的意思，而且反倒是妳的講法比較過分。」

「沒那回事喔，香澄。我認為，大家絕不是本性低賤，只是一時鬼迷心竅，才會迷上這種低級嗜好。」

泉美面不改色地說完，便拿起托盤上的小碗（題外話，第一高中學校餐廳的餐點有分成大、中、小三種份量）。

「我是不認為使用艱深字眼就能隱藏真心話啦……」

香澄趁著泉美目光與注意力朝向手邊時暗自低語。她知道這個雙胞胎妹妹的本性，所以香澄和泉美交談時都需要偶爾像這樣發洩一下，不然會喘不過氣。

「香澄，妳剛才說了什麼嗎？」

不過說出口的時機似乎早了點。筷子伸進碗裡的泉美把頭抬了起來。

「我什麼都沒說。」

香澄說完，就和泉美一樣拿起自己的碗。

香澄用比泉美快一點的速度吃起蕎麥麵。泉美對這個雙胞胎姊姊蹙起眉頭，同時一樣動起筷子吃麵。

成功以禮儀為擋箭牌來轉移話題的香澄放下麵碗，若無其事地詢問泉美。

「話說回來，學生會室現在怎麼樣了？就我稍微看到的樣子，似乎很和平。」

「我認為大家雖然只和我們差一歲，但都很成熟。」

泉美以不完全是客套的語氣回答香澄的問題。

「尤其光井學姊明明應該有很多心事……卻能在深雪學姊與司波學長面前維持開朗模樣，很了不起。」

「是喔……總之，會長與司波學長的親密舉動，似乎有比較節制一些了。果然是有在顧慮這一點吧。」

雖然泉美在香澄講到「親密舉動」時板起臉來，但香澄講得沒錯，所以她沒抱怨。

「這一定是因為，無論是多麼親密的朋友，要是沒貼心注意彼此，也會無法順利經營人際關係吧。」

「就算感情好，也要有禮貌的意思是嗎？」

「嗯。何況交情沒那麼好，卻帶著他們無禮的目光恣意造謠生事的人很多，氣氛會變差或許也是在所難免。」

泉美說到這裡先是停頓一下，才像是突然回想起來般補充一句：

「但我說的始終只是大眾觀點。」

聆聽香澄與泉美交談的同年級學生們一齊低頭，縮起身體。

◇　◇　◇

在同一時間（雖然這麼說，但時間上還是稍微有點差距），魔法大學的餐廳也滿是學生，熱鬧不已。

其中包含了防衛大學特殊戰技研究系派來旁聽的學生。在這一桌彼此面對面的女學生之一，也是在防衛大學接受魔法軍官訓練的魔法師。說是這麼說，不過光看外表應該看不出她是防衛大學的學生吧。她開朗的笑容，別說是無法和魔法大學的學生做區分，甚至和普通女大學生沒什麼差別。

「真是的，摩利！用不著笑成這樣吧！」

「抱歉抱歉。唉，話說回來，真由美和那個傢伙……」

這名旁聽學生——第一高中前風紀委員長渡邊摩利雖然道了歉，肩膀卻依然在抖。她面前的第一高中前學生會長七草真由美滿臉通紅地瞪著她。

雖說滿臉通紅，卻不是在生氣，而是害羞。即使含淚瞪人，也是一點都不恐怖。

「真是的！」

「哎呀，真的對不起啦。」

結果摩利的笑意一直到真由美撇頭鬧彆扭，才終於緩和下來。

「不過，七草家當家居然想讓妳和達也學弟結婚啊。」

「是訂婚！不是結婚！」

依然撇著頭，雙手抱胸的真由美就這麼頂撞摩利這句話。

摩利當然有暗自質疑「哪裡不一樣？」，卻決定將這句話藏在心裡。

「所以，為什麼會變成妳要和達也學弟訂婚？」

相較於防衛大學，魔法大學的時間比較有彈性。但用來吃午餐的時間也不是無限。摩利決定繼續推動話題。

「摩利也知道那件事吧？」

這個話題原本是由想發牢騷的真由美提出的。她大概也覺得繼續鬧彆扭會用光時間，又將臉轉回了正前方。

「妳說四葉家的事？哎呀，不曉得該說意外還是可以接受，總之我嚇了一跳。」

在這種時候，「意外」與「接受」的意思會完全相反，但真由美也沒問「究竟是哪一種」。因為她自己的感覺也和摩利一樣。

「摩利知道多少？」

「我知道的就是……那對兄妹其實是四葉家直系的表兄妹，司波還被指名為四葉的下任當家，達也學弟則是成為司波的未婚夫對吧？難道不只這樣嗎？」

摩利疑惑地詢問，真由美則是閉上雙眼搖搖頭。

「妳果然只被告知這些。其實這件事有後續。」

真由美朝桌面探出上半身。

摩利也跟著將臉湊過去。

「其實四葉家宣布達也學弟與深雪學妹訂婚的隔天，一条家對這個婚約提出了異議。」

「對婚約提出異議？」

摩利以彷彿在說「可以這樣的喔？」的表情詢問。真由美露出苦笑說：

「他們說血緣過於親近的婚姻，可能會損害到屬於國家貴重資源的魔法師基因。」

「居然說『資源』……」

摩利露出傻眼表情。即使這個想法在十師族之間不算太突兀，聽在百家——且又不屬於主流的魔法師耳中還是很奇怪。

而且，摩利的這種感想或許比較正確，應該說正常。在這種情況下，資源和資產同義。將自己的基因稱為「資產」，就和將自己定義為「家畜」差不了多少。而且要是走錯一步，可能就會演變成認定自己的基因優於常人的危險政治思想。

「我實在不喜歡十師族這一點。」

「要說喜不喜歡的話，我也不喜歡，不過這可以成為正當理由。雖然也不是因為這樣，就可以堂堂正正地來妨礙婚約這種私事就是了。」

「還有別的狀況是嗎？」

話題開始接近事情核心，真由美嘆口氣道：

「一条家不僅以近親結婚為理由提出異議，同時還向四葉家申請讓長子將輝學弟和深雪學妹訂婚。」

「這還真是……該說厚臉皮還是神經大條……」

看見差點啞口無言的摩利，真由美聳了聳肩。

「不過，我認為比起達也學弟和深雪學妹結婚，深雪學妹和將輝學弟結婚確實比較好。只是這樣就要無視於當事人的想法。」

「也就是可以獲得魔法界祝福的政略聯姻是嗎……」

摩利認為與其說是政略聯姻，更像是純種馬配種，但她也不敢講得這麼露骨。

「是沒錯……但我認為這不完全是一条家自私的要求。因為將輝學弟是長子，一般來說應該是要迎娶妻子進門。」

真由美說到這裡，便不知為何有點難為情地左顧右盼。

「而且我覺得一条家會這樣硬來，是因為將輝學弟喜歡深雪學妹。」

「……哈哈～」

原本蹙著眉頭的摩利露出察覺重點所在的表情，咧嘴一笑。

「原來是這樣啊……因為妳喜歡達也學弟，所以伯父才想讓你們倆訂婚對吧？」

「不是啦！」

真由美滿臉通紅地雙手拍桌。要是沒架設隔音護罩，肯定會引來餐廳眾人的注目。她就是如此咄咄逼人。

「只是我爸那個老狐狸誤以為是這樣罷了！他只是想利用我惡整四葉家而已啦！」

「喔～？」

「妳那是什麼深諳一切的表情啊！我是真的覺得很困擾耶！」

「妳不願意？」

摩利近似吐槽的這個問題，使得真由美不禁語塞。

摩利一臉「我問得真好」的樣子，揚起左右兩邊的嘴角。

這樣下去會變成是默認摩利的說法。真由美在這樣的危機意識驅使之下，硬是驅動了凍結的舌頭。

「不是不願意……但我沒辦法用那種眼光看待達也學弟，我無法想像要和他訂婚。」

「為什麼？」

摩利間不容髮地展開追擊。

「妳問我為什麼……」

「我想『平凡』的司波達也確實是配不上『七草』真由美吧。但如果他其實是四葉家直系就另當別論了。無論是血統或實力，都夠格成為七草家長女的丈夫。」

「可是達也學弟比我小兩歲耶！」

「我認為只差兩歲不是什麼大問題……再說了，我問妳，那個傢伙看起來會比妳小嗎？別人看到妳跟達也學弟，應該會是妳看起來比他小喔。」

「好……好過分！真要說的話，妳還不是跟我差不多！」

「我哪裡看起來比達也學弟小了啊！」

「妳不是經常因為不會整理東西、終端機出毛病，或是報告書寫不出來就依賴達也學弟嗎！其實妳才是喜歡達也學弟吧！」

「我有修次了！」

「這不構成妳喜不喜歡達也學弟的理由吧！」

真由美與摩利直直瞪著對方，並立刻各自移開目光。

兩人的臉都很紅。平常遇上這種場面，兩人都會給彼此一個皮笑肉不笑的表情，並拿出完全不相干的話題，當作沒發生過這種幼稚的鬥嘴。

但這次沒能如此。

雖然剛才的妳一言我一語導致摩利激動起來，但她又立刻恢復嚴肅的心理狀態。摩利將視線移回真由美身上時，笑容已經不復見。

「真由美，說真的，妳想怎麼做？」

意外正經的語調使真由美嚇了一跳，再度看向摩利。

「怎……怎麼突然這樣問？」

摩利目不轉睛地注視著真由美，表情怎麼看都不像在開玩笑。

「雖然對不起達也學弟的妹妹，但我認為這對妳來說不是壞事。」

「所以妳到底想說什麼？我又沒有對達也學弟……」

「總之妳先乖乖聽我說。」

被摩利堅定地這麼一說，真由美便中止她的辯解。

「我知道妳為何一直不交男朋友。也知道妳遲遲不跟十文字或五輪家的長子有所進展，是妳在對既定的將來進行小小的抵抗。」

真由美沒反駁摩利這番斷定。不是因為被說中，而是她想先聽摩利講完自己的想法。

「記得妳經常說沒辦法把十文字當成異性看待吧？那應該是因為那個傢伙從一開始就讓妳不得不這麼想吧？對妳來說，十文字不只是同學，更是同屬十師族的十文字家成員，所以妳也不是以一個女高中生的立場，而是以十師族七草家長女的立場看待他。」

真由美沒說任何話，也沒做出任何反應，只以戴著面具般的表情聽著摩利的話。

「妳不是以他是否為吸引妳的異性，而是以他是否適任十師族的一員來看他。這樣不可能會產生戀愛情感。即使會出現尊敬的情感，也不會演變成『喜歡』。」

摩利不在乎真由美「毫無反應」，繼續說下去。

「但是達也學弟不一樣吧？妳認識他時單純是把他當作一般學弟，接著逐漸對他有好感，後來才知道他是十師族。我認為這份好感是對於異性的『喜歡』，但我並不會斬釘截鐵地認定就是這樣。不過，妳應該是真的對他抱持好感沒錯。難道我說錯了嗎？」

「沒錯。我認為我對達也學弟的好感不是戀愛，但其他部分就大致和妳說的一樣。」

真由美淡然回答，摩利點頭回應。

「偶然抱持好感的對象，是能夠以七草家長女身分交往的對象。這對妳來說，是未曾有過的經驗。」

「嗯，妳說得對。」

「那麼，妳接下來想怎麼做？不，我這種問法不好。真由美……」

「怎樣？」

「妳想要只觀望，而不做任何行動嗎？還是想主動做些什麼？」

「我不要只是觀望。不過，我做得了什麼？」

「我是很想叫妳自己思考，不過我想想……比方說，妳可以選擇確認自己究竟是怎麼看達也學弟的。」

真由美想說「這我早就知道了」，卻沒有說出口。

「這麼做有什麼意義？」

「如果妳知道自己對達也學弟抱持戀愛情感，妳和妳父親的利害關係就會一致。妳可以假裝被妳父親利用，反過來利用他。」

「利用老爸那個老狐狸嗎……這做法真吸引我呢。」

真由美不禁差點露出邪惡的笑容，不過在千鈞一髮之際克制下來了。

「……慢著，說起來，我到底要怎麼確認？」

「這種事情，交往看看就知道了吧？」

「妳要我和一個不喜歡的人……不對，不知道喜不喜歡的人交往？」

如果說成「不喜歡的人」，這個話題可能會永無止盡，所以真由美選擇妥協改口。

「沒什麼好奇怪的吧？不是常說『先從朋友做起』嗎？」

「這句話是對不熟的人講的嘛。以我和達也學弟之間的交情，要求從朋友做起很不自然吧！再說，如果不是戀愛情感怎麼辦？要是真的交往，我會變成介入婚約的第三者耶。到時候就沒辦法只說句『我果然還是沒辦法和你當情侶』就了事啊！」

「會那樣嗎？」

「當然啊！」

「這樣啊……那就只能瞞著達也學弟的妹妹交往了。」

「為什麼會變成這樣！」

「你也想確認自己是怎麼看達也學弟的吧？」

「所以我不是從剛才就一直否認嗎……」

「那妳為什麼找我商量？」

真由美的表情瞬間僵住了。

「妳一直以來都不曾對我抱怨相親的事不是嗎？妳或許是第一次碰上對方已經訂婚的情形，但妳沒能隨便打發掉的原因不只這個吧？因為如果妳有辦法用理性去思考，就只要說妳沒辦法和已經訂婚的人交往，直接拒絕就行了。」

「……我拒絕了。就算這樣，老爸那個老狐狸還是一直重提這件事。」

「那大概是妳父親看透妳的真實想法了。他知道妳不是打從心底抗拒。」

「…………」

「真由美，這樣下去，妳將會連自己想怎麼做都不知道，就這樣隨波逐流喔。」

「就算妳這麼說……」

真由美完全束手無策。要是繼續刺激，她可能會哭出來。摩利故意將目光明顯移向戴在右手腕上的軍用多功能手錶。

「——時間到了。真由美，妳最好仔細想想喔。」

「嗯……摩利，謝謝妳。」

摩利起身的同時，真由美也疲倦地離開了座位。

◇ ◇ ◇

從學校返家的達也因為難得收到某人的郵件而蹙眉。雖說是郵件，卻不是電子郵件，而是利用第一高中學生與校友專用留言板傳來的私人通訊。

寄件人是摩利。

達也原本懷疑她寄錯人，但是不看內文就無法判斷。雖然他有一瞬間想要使用不必開封就能檢視內容的祕技，不過事後可能反而演變成麻煩事，所以他又打消了念頭。如果知道今後再也不會遇見摩利，會被她記恨也無妨，但是沒人能夠保證他們不會再見面。

明顯感覺到這將是麻煩事的達也打開郵件。

首先，達也確定了這封信的確是寄給他的。

從簡單的季節問候開始，再說明自己的近況，詢問自己是否安好。摩利意外的竟一絲不苟地沿襲書信格式，大概是拜軍官教育所賜吧。

關鍵的信件主旨是很簡單的提問。

她詢問達也是否方便在明天晚上見面。

必須尊重通訊內容的保密原則。

但這應該要歸類為例外吧。達也無法不經「未婚妻」的許可，就單獨和其他女性見面。

他沒有立刻回信，而是敲了敲隔壁房間的門。

「渡邊學姊想見哥哥？」

深雪以充滿疑惑的表情看向達也。會稍微質疑是難免，但她不信任到這種程度，令達也也感到很意外。

「她這麼突然，我也嚇了一跳。畢竟畢業典禮之後就沒見過渡邊學姊了。」

達也隨口主張自己的清白。

「那麼，學姊的目的是什麼？」

深雪也不認為達也花心，她是在質疑摩利花心。

達也是非常迷人的男性（深雪的主觀看法）。她知道摩利有男友，不過很可能會找上達也當成一夜情的對象（深雪的主觀想法）。

「目的應該不是兒女之情。」

達也大概是看透了深雪的「妄想」，刻意使用露骨的說法。

深雪的臉立刻變紅。

達也看著妹妹的純真反應，面不改色地說下去。

「因為渡邊學姊已經有千葉修次先生這位傑出的男友了。」

「……他們或許吵架了啊。」

為了遮羞，深雪便以佯裝生氣的語氣反問。

「她如果想發牢騷，應該會找七草學姊出來吧。」

深雪淺顯易懂的可愛態度，使得達也露出笑容。

「……不對，應該相反。」

但他笑到一半，就突然一臉正經地低語。

「相反的意思是……七草學姊找渡邊學姊發牢騷？」

達也的表情完全轉變成嚴肅的模樣，並點頭回答深雪的問題。

「不只是渡邊學姊，在這個時期，第一高中畢業的學長姊有話找我們說，我想只會是關於四葉家的話題。」

「說得……也是。」

世上也有某些人也會不考量時期或狀況，只求自己方便就帶著麻煩事找上門。深雪反射性地如此心想，但她也知道那是少數例外，是就算多做思考也沒用的狀況。

「我們不管那種想了也沒用的例外喔。」

而達也輕易看穿了深雪的想法。

「…………」

深雪雪白的肌膚再度染紅。

達也不理會低下頭的妹妹，繼續推理。

「會對四葉家的通知採取行動的人，很可能同樣是十師族。非常有可能是七草家當家正在打某種鬼主意並殃及七草學姊，而感到為難的七草學姊就去找渡邊學姊商量。以她們兩人的關係，會商量這種事也沒什麼好奇怪的。」

「難道……！」

深雪猛然抬起依然泛紅的臉。她臉上浮現強烈的焦慮。

「妳怎麼這麼慌張？」

達也不知道深雪突然慌張起來的原因，便中斷推理詢問她。

「七草家該不會……企圖讓學姊和哥哥訂婚吧？」

深雪的構想出乎達也的意料。這確實是會令深雪忍不住感到不安的聯想。

「……妳這再怎麼說，也太異想天開了吧？」

對方確實有可能想出這種點子。不過，達也認為只是可能性不是零，並不會成真。以達也知道的真由美為人，她應該不會乖乖成為政略聯姻的棋子。

「是這樣嗎……」

深雪也不認為真由美那樣的個性會輕易成為父母的傀儡。但如果當事人有這個意願——亦即真由美喜歡達也，就另當別論了。

「不，說得也是。」

深雪點點頭，試圖甩掉這份不安。

「那麼哥哥，您要怎麼回應渡邊學姊的邀請？」

「也不能當作沒看到吧。而且我也想知道她刻意找我見面的理由。」

達也在語氣中強調這是「情非得已」，以免刺激深雪的情緒。

◇ ◇ ◇

隔天下午五點五十五分，達也來到防衛大學特殊戰技研究系分棟校舍附近的咖啡廳。

特殊戰技研究系簡單來說就是軍方研究如何運用魔法師的課程，是培育魔法師軍官的學系，也經常和魔法大學共同研究。基於這個性質，才會在魔法大學附近設置分棟校舍。

特殊戰技研究系的學生不用住學校宿舍，不過摩利還是指定在校舍附近見面的原因，在於她週日也要上課。

達也在約定時間的五分鐘前抵達。到了五點五十九分，摩利出現了。

「嗨，久等了。達也學弟，好久不見。」

「是的，好久不見。」

脫掉素色大衣的摩利穿著便服。不只是大學，女用褲裝的打扮在公司行號或政府機構也不會被視為格格不入，但如果摩利是直接從防衛大學過來，照理說應該是穿制服才對。

「我在這附近租房子住。」

摩利察覺達也在看她的衣服，所以如此解釋。換句話說，她並不是指定在學校附近會合，而是在住處附近會合。

「我今天是真的也要上課喔。抱歉，居然在這種時間叫你過來。」

「不提這個，請問學姊有什麼事？」

達也沒有責備摩利的意思，但是就如摩利所說，孤男寡女在這個時間見面有點晚。以地理位置來說，防衛大學的其他學生會來這間店也不奇怪。為了避免誤會，達也想早點辦完事情。

「……也對。畢竟彼此明天都要上課，要閒聊就另外找機會吧。」

摩利說完這段開場白後，便以桌上的終端機點熱咖啡。

「但我不希望中途被打斷。等一下吧。」

摩利就如她自己所說的，在飲料上桌之前都沉默不語。似乎是在將注意力集中於接下來要講的事。

不知道是否可形容為「幸好」，這間店不是所謂的「正統派」。點餐的終端機不到一分鐘就響起了通知聲。摩利從取餐吧檯回來後，便再度坐在達也面前，然後將臉湊過來。

「達也學弟，你覺得真由美怎麼樣？」

她劈頭就這麼輕聲詢問。

「我認為她是優秀的魔法師，天分與經驗都無從挑剔。個性上也公私分明，我很欣賞。」

即使問得唐突，達也依然能夠流利回答。

「……我就是討厭你這一點。」

摩利微微瞇起眼，瞪向明知摩利的意圖卻面不改色地離題的達也。

達也面無表情地承受摩利的視線，甚至沒故意拿起飲料打造緩衝時間。

「所以，學姊為什麼想問這種問題？」

達也反問瞪他的摩利。

摩利沒回答達也的問題。

「我再問一次。以異性觀點來說，你覺得真由美怎麼樣？回答我喜歡還是討厭。」

「但我認為對於異性的情感，不能用這種單純至極的二分法來斷定。」

「就算這樣，我還是要這樣問你。」

達也沒義務回答摩利的問題。以達也現在的立場來看，回答問題的弊大於利。

「算是……喜歡吧。」

但他回答了。他不是懾於氣勢或礙於情面，而是為了知道這個問題的後續。

「我說的是以異性觀點來看喔。」

「嗯。」

「這樣啊……」

「視為一個異性喜歡」的這種情感，在達也心中份量不大。只不過是能在受限的情感範圍內處理的東西。其實他對於異性的好感遠不及對於深雪的親情，但是這種事沒必要告訴摩利。

「是戀愛情感嗎？」

「不是。真要說的話，是當成性慾上的對象。」

達也說得若無其事，反倒是摩利臉紅了。

「你……你也……那個……擁有這樣的慾望啊。」

達也覺得摩利挺純真的。即使現在這個時代將女性的婚前性行為視為禁忌，以一個長年和男友穩定交往的人來說，這算是很青澀的反應。

達也當然不是神經大條或冒失到會講這種性騷擾的話語。

「有喔。畢竟這是關係到種族繁衍的原始慾望。」

這不是謊言。但達也的性慾有既定的上限，沒有強到能夠主導行動。這是親生母親深夜對他進行精神改造的影響。

所以，對於達也來說，「當成性慾對象」不是指「會想對她下手」的意思，不過這件事也沒必要說。

「渡邊學姊，您問我對七草學姊的想法，是要做什麼？」

摩利還沒從達也造成的衝擊中復原，但她聽到達也詢問正題，就喝斥自己現在不是感到難為情的時候。

「達也學弟，你要不要和真由美交往看看？」

「……您說的交往是『那個意思』吧？學姊不知道我與深雪的事嗎？」

摩利再度鞭策快被達也冰冷眼神打退的自己。

「我知道你和你妹其實是表兄妹，而且已經訂婚了。」

「既然這樣，您應該知道我不可能和七草學姊交往吧？」

達也視線中的溫度更加冰冷。

冷卻魔法應該是他妹妹擅長的招式才對……摩利如此心想，並振作精神以免凍死。雖然在這裡睡著也不會凍死，但摩利不知為何陷入了這種錯覺當中。

「一条家干涉了你們的婚約，對吧？」

「學姊真清楚。是聽七草學姊說的嗎？」

照理說應該還沒有很多人知道一条家提出異議。達也與深雪的婚約得到法律認可（不用說，如果真相曝光，不只不會被認可，還會被判偽造文書罪），相對的，一条家的行動已經被魔法界的某些人當成了醜聞。因此，這件事沒有受到大肆張揚。

「嗯，沒錯。而且，其實同樣的事也發生在真由美身上。不對，這種說法會招致誤解。應該說真由美即將被迫和一条家長男背負相同的職責。」

達也眼中令人畏縮的寒氣消失了。取而代之的是令人不自在的冰冷。

「哎呀……真令人錯愕。」

達也這句話是對七草家這個想法的評價，但內心也同時對另一個東西抱持著類似戰慄的錯愕。將真由美拱為達也未婚妻的候選人。換句話說，深雪猜中了。雖然深雪還是少女，卻也依然是個女人。女性的直覺真恐怖……達也甚至感到佩服。

「我也這麼認為。」

摩利無心的這句話，引得達也以犀利目光回應。

「學姊真的知道嗎？」

「知道什麼？」

「以社會觀感來說，受傷的不會是我，而是七草學姊。」

摩利的雙眼靜靜釋放出柔和光芒。

「你真溫柔。」

「我認為這是理所當然的顧慮。」

但達也的目光並未變得溫和。

「要是真由美對你完全沒感覺，我也會阻止她，勸她不需要抽這支下下籤。但是真由美不知道自己的心意。」

達也以「所以呢？」的眼神詢問。

「真由美不知道自己對你的想法，不知道對你抱持的好感是哪一種類型的。不對，她沒試著了解，她不去正視自己懷抱的好感。」

「這是因為七草學姊很清楚自己的立場吧？」

「那個傢伙確實明白自己的立場。不能只以自己的意願選擇喜歡的對象，戀愛與結婚是兩回事。既然這樣，那談戀愛也是白費工夫——那個傢伙是這麼想的。」

「這是渡邊學姊想太多了吧？現今的風潮確實不准高水準的魔法師一輩子單身，卻不是無法選擇結婚對象的時代喔。」

「那你怎麼樣？你的妹妹又怎麼想？」

這次輪到達也沉默下來。

不過，摩利沒有繼續追究達也與深雪的事。

「我想讓那個傢伙體驗談戀愛的感覺。或許是我多管閒事，但我不希望她如此明理地放棄。不過你這個男生大概不懂吧。」

「是的，我無法理解。」

「這樣啊……但你理解這一點就好：真由美承認對你有好感。你或許是第一個，也是最後一個讓真由美嘗到戀愛滋味的男性。」

摩利這番話蘊含火熱的真心。其中確實存在著純粹是為朋友著想的心意。

「學姊想太多了。」

但是達也只以這句話駁斥。

「達也學弟，你……！」

「我不像渡邊學姊那麼熟悉七草學姊，但是就我看來，七草學姊沒這麼軟弱。」

摩利差點激動了起來，卻被達也的反駁弄得說不出話。

「七草學姊看起來不是會心灰意冷，並放棄思考、放棄感覺，對家長唯命是從的女性。她遲早會找到談戀愛的對象吧，即使這個人不是我。」

達也站起來俯視語塞的摩利。

「而且，辦不到的事情就是辦不到。因為我是深雪的未婚夫。」

餐點已經結好帳了。

而達也就這麼直接走出了咖啡廳。

[4]

雷蒙德・S・克拉克。他是USNA加利福尼亞州柏克萊某高中二年級學生，也是雫留學時的同班同學。

他就讀的高中和日本的魔法科高中不同，不是定位為魔法的專門教育機構。高中的魔法學或魔法實技被設定為選修科目。不過USNA同樣面臨教師不足的問題，能夠開設魔法相關課程的學校有限。想入學的人數超過教師承受的極限，導致各校不得不各自舉辦入學考試篩選學生。實際上，雷蒙德就讀的高中實質上也成了培育魔法師的「魔法科高中(Magic High school)」。

不用說，雷蒙德也是未來的魔法師，實力在同年級之中是首屈一指。但他的天分沒有優秀到可以加入STARS。他的價值在其他地方。

祕密結社「七賢人」。USNA情報機構如此稱呼的這個集團，其實不是單一組織，而是只有一個共通點，彼此素昧平生的七名「個人」。

USNA使用的全球通訊竊聽系統「梯隊系統Ⅲ」內部潛藏名為「至高王座」的駭客系統。取得該系統操作權的七名管制員，就是「七賢人」的共通點。使用至高王座，以遠遠超過梯隊系統III正規管制員的效率，從全世界通訊系統竊取想要的情報。做得到這件事的七個人，就是「七賢人」的真實身分。

說起來，至高王座的七名管制員中也只有一人使用「七賢人」這個名稱。心血來潮將反政府組織情報洩漏給ＵＳＮＡ當局時自稱「七賢人」的不是別人，正是雷蒙德。

雷蒙德今天也使用著至高王座暢遊情報之海。他喜歡求知。他雖然也喜歡調查，不過漫無目的地將情報存入自己腦中的行為，就像他的嗜好。對他來說，至高王座是最棒的玩具。

說是這麼說，但至高王座基於性質，使用時一定得設定某些搜尋條件。因為這個系統的性質就是有問才有答。

光之軌跡化為文字，指定搜尋條件。至高王座的終端機是以腦波與手勢操作的ＶＲ型ＨＭＤ（頭戴式顯像裝置）。鏡頭捕捉指尖動作，在虛擬視野映出軌跡。管制員以光之文字在虛構的天空中寫下搜尋條件，再以腦波輔助元件送出選擇與確定指令。

雷蒙德正以「ＵＳＮＡ軍的負面事件」這個籠統條件進行搜尋。大量情報顯示在天上的「視窗」當中。遠處的「視窗」只顯示標題，近處的「視窗」看得見內容。某些「視窗」是附圖表的文字；某些「視窗」是靜止圖片；某些「視窗」是影片。只要投以視線，「視窗」就會接近，移開視線就會遠離。前後左右都無邊無際的視野中，漂著無數的「視窗」。

速讀與記憶是雷蒙德的拿手絕活。並排重疊的數十個「視窗」情報接連進入他的腦袋。不過這項工作卻突然中止了。因為某個「視窗」顯示的情報吸引了雷蒙德的注意。

（兵器保管所遺失舊世代的小型飛彈……？）

這種負面事件，原本就算成為大新聞也不奇怪。不過說來悲哀，預定作廢的老兵器不知何時「減少」，並不是什麼稀奇的事。

遺失的飛彈是步兵用的攜帶式對空飛彈，彈頭炸藥的主成分是CL-20（六硝基六氮雜異伍茲烷），是二〇二〇年代的兵器，在世界連續戰爭時也使用過。但是現在因為奈米科技的進步，使炸藥威力的極限大幅提升，所以這種飛彈現在是只能等待作廢的兵器。

（不過用在實戰是綽綽有餘……這實在不像是單純的管理疏失。）

雷蒙德嗅到事件的味道，舔了舔嘴唇。他的拿手絕活是速讀與記憶。不過，他更擅長嗅出麻煩事。

對於雷蒙德來說，現實世界中發生的事件是最精彩的表演。事件越大越嚴重，就越有看頭越有意思。

他知道自己無法成為超人。他擁有一流的魔法天分，卻不是超一流。他無法成為足以影響世界的魔法師，無法成為走遍世界大顯身手的英雄——即使他再怎麼希望，也無法如願。

雷蒙德放棄了自己的可能性。既然這樣，就稍微成為英雄們活躍時的助力，享受和他們一同冒險的感覺，並且以「欣賞」盛大的表演為樂吧。他抱持著這種想法，而且至高王座也讓這個想法化為可能。

至高王座簡直是為他存在的系統。

（先從保管庫的管理狀況開始調查吧。）

直接調查遺失飛彈的下落，也不可能搜尋得到相符的情報。任何事件都是人為造成的。誰可能將預定作廢的兵器外流？雷蒙德熟練地開始調查。

◇◇◇

雷蒙德發現舊型可攜式飛彈遺失之前（具體來說是兩天前），這件事就在ＵＳＮＡ軍內部成了問題。事件並非僅止於保管基地內部的問題，ＵＳＮＡ統合參謀總部情報部內部監察局也展開了調查。

出動的不是憲兵隊而是內部監察局，原因在於這個事件疑似和恐怖組織有關。自軍兵器被偷走或外流，進而使用在恐怖攻擊行動。如果這個可能性成真，而且兵器出處曝光，將會成為世界各地大力抨擊的嚴重醜聞。這是國防省無論如何都想要避免的事態。

不過，目前已經是事件曝光六天後的一月二十七日，搜查卻幾乎沒有進展。週日依然坐鎮在辦公室的內部監察局第二把交椅巴藍斯上校，在閱讀事件報告書時，對此現象心存質疑。

這個事件的線索少得太過頭了。

她從一開始就知道有內奸。再說，即使是舊型兵器，如果內部沒人協助，就沒辦法從軍方保管庫偷走。但即使對方收買了保管部隊的隊長，也不可能完全沒留下搬離的痕跡。

兵器保管庫的物品進出時要經過兩三道檢查。以無線標籤管理的所有物品，基本上保管庫開關都會採用生體認證，而且必須兩人在場才能開啟。此外還有設置人力與機械等複數保全措施。這些程序都沒留下異常記錄。

巴藍斯覺得不對勁的地方，在於為何有辦法得知物品遺失。

物品遺失是在人為清點作業時發現的。不過，既然能夠如此完美篡改保管設施的資料，那為什麼沒修改處理記錄？這是等待作廢的舊型兵器，只要在資料上改成已經處理掉，就不會有人發現遺失。巴藍斯覺得這樣就像是故意只讓人發現物品失竊。

（不過是誰為了什麼原因這麼做？不，再說，到底有誰做得到這種事？）

情報不足以做出結論。巴藍斯明知如此，卻忍不住思考這件事。

收到電子郵件的通知聲把巴蘭斯的意識從思緒之海撈起。這不是普通的郵件，是情報部最高層級使用的編碼通訊。

巴藍斯以制式化的動作將編碼郵件複製到市售資訊機器無法使用的專用媒體上，再以離線的獨立解碼器讀取。這個步驟是要避免解碼後的郵件外流。郵件解讀完畢之後，看到寄件人名字的巴藍斯睜大了雙眼。

該欄位顯示的是「七賢人」。

巴藍斯看郵件的眼色變了。她甚至忘記呼吸地專心閱讀顯示的情報，並在看完之後反覆大口喘氣。

「這種事怎麼可以被允許……？」

這封「七賢人」的密告郵件，說明本次兵器外流和總統次席輔佐官有關，也說明對方這麼做的目的。如果郵件內容屬實，就表示預定作廢兵器外流的事件其實是某項陰謀的一環，而且這個陰謀的規模遠大於巴藍斯的預料。

巴藍斯的手伸向視訊電話，卻在撥號按鍵前方停了下來。

她在猶豫該打電話給誰。不，她不知道該打給誰。

應該通知誰？可以相信誰？巴藍斯已經無所適從。

◇◇◇

USNA軍統合參謀總部直屬魔法師部隊STARS總隊長安潔莉娜·希利鄔斯，在久違的假期中盡情享受著逛街購物的樂趣。她當然不是以戰略級魔法師安吉·希利鄔斯的身分，而是一個十七歲少女莉娜的身分去購物。

她不是前往附近的羅斯威爾，而是專程前往阿布奎基。因為一同前來的希兒薇雅．瑪裘利．法斯特（通稱希兒薇）強烈建議她這麼做。

去年到日本執行任務之後，兩人就經常共度私人時光。雖然她們年齡差距有點大，要稱為朋友有些困難，但希兒薇都將莉娜視為需要照顧的妹妹來關心——希兒薇眼中的莉娜，在各方面都過度缺乏女生應有的常識，因而點燃她內心「不能置之不理」的使命感。

今天莉娜也頻頻被希兒薇當成換裝娃娃。幸好莉娜也樂在其中。莉娜沒什麼時尚品味，不過她喜歡穿得很漂亮。或許是天生麗質，令她沒必要逼自己磨練品味吧。相較於想要盡量展現完美一面給某人看的深雪，這應該是兩人最大的差異。

不提這個，莉娜抱著大量的戰利品，愉快地回到了基地裡的宿舍。這天應該稱得上是充實的假期吧。她這陣子沒有要以希利鄔斯的身分出動，但明天也有嚴格的訓練在等著她。今天是個很好的充電日，令莉娜感到很滿足。

不過，莉娜用住處的終端機打開收到的郵件時，這份開心的心情卻立刻煙消雲散。

「特殊編碼郵件？」

任務相關的編碼郵件寄到私人住處並不稀奇。不過僅限於STARS隊長之間，或是參謀總部和STARS隊長、總隊長之間使用的特殊編碼信件直接送到私人住處，是前所未有的狀況。

是相當緊急的事嗎？莉娜在焦急與緊張之中等待解碼完畢，並在看到解碼後的文件後驚愕地低語：

「七賢人……？」

寄件人是「七賢人」。

莉娜一瞬間以為這是惡作劇，不過又立刻排除了這種可能。如果只是隨興犯案的駭客，不可能有能力使用STARS專用的特殊編碼。再說，「七賢人」這個名稱，在統合參謀總部直轄單位以外鮮為人知。

莉娜連忙繼續閱讀郵件。郵件記載著某個乍看之下和她的任務無關的事件原委。

「咦？寄生物事件的幕後黑手？」

不過，郵件最後出現了和莉娜關係密切的情報。

莉娜上次被派遣到日本，是為了查出二〇九五年十月三十一日在朝鮮半島南端發動的戰略級魔法「Great Bomb」（這是「質量爆散」在ＵＳＮＡ軍的名稱）的使用者。不過後來得知在ＵＳＮＡ國內被寄生物附身的STARS隊員逃出軍中並躲到日本，因此她受命「處分」逃兵。這是STARS總隊長原本的任務。

依照莉娜聽到的說明，寄生物的出現是一場意外。那個事件是偶發的，並因為當事人的死亡而落幕。但如果寄生物事件是某人蓄意安排，就變成是這個人迫使莉娜殺害同胞。這麼一來，莉娜被逼得額外背負名為「暗殺」的悲慘任務，就會是這個傢伙害的。

她說什麼都無法原諒這號人物。

「……寄生物事件的幕後黑手，想利用偷來的舊型飛彈，在日本發動恐怖攻擊？這是在開玩笑吧！」

莉娜看完郵件且理解內容時，不禁如此大喊。

這是身分不明的某人提供的情報。完全無法保證這一定是真的。

ＵＳＮＡ軍的側寫師分析，「七賢人」具備在犯案後，觀賞後續恐慌現象的心理特質。莉娜知道，即使這封信確實來自「七賢人」，也可能是在用精心設計的惡作劇捉弄她。

但是莉娜相信了這個情報。

去年寄生物事件進入最終局面時，莉娜也和今天一樣從自稱「七賢人」的郵件獲得情報。當時她也沒理由相信，但她依然相信了。

這次也一樣。沒有可以信任的根據，沒有理由相信。

不過，與其無視於這情報，讓自己因為不採取任何行動而在事後後悔，還不如先受騙上當，在被耍得團團轉之後成為笑柄。

如果郵件記載的陰謀屬實而且成真，ＵＳＮＡ將會大大虧欠日本。現在兩國之間的情勢已經很緊張了，要是ＵＳＮＡ製作的兵器用在恐怖攻擊，日本難免會質疑恐怖分子是本國唆使的。

考量到日本與USNA的國力，開戰的可能性不高。不過，這是將戰力限定於普通兵器的狀況。造成「灼熱萬聖節」的那個戰略級魔法，要是射程可以越過太平洋（不過一樣身為戰略級魔法使用者的莉娜以自身常識判斷，射程不可能這麼遠），也可能造成最壞的事態。

所以，她選擇相信。

莉娜堅定認為一定要阻止恐怖攻擊。不只是阻止，她還想親手收拾幕後黑手。

不過依照「七賢人」提供的情報，幕後黑手「紀德．黑顧」已經離開USNA前往了日本。

反觀莉娜別說前往日本，要出國行動都是一件難事。

莉娜決定找唯一可能協助她前往日本的人物商量這件事。

◇◇◇

巴藍斯只伸出手，沒有加以碰觸的視訊電話響起來電鈴聲。

這個聲音使得巴藍斯不再僵住，以沉穩動作按下通話鍵。

『上校閣下，抱歉突然打擾您。』

穿著紫黑色調的STARS制服的莉娜在畫面中敬禮。

莉娜整齊穿著制服，而這有如剛換上制服的模樣令巴藍斯略感意外。

「是希利郿斯少校啊。貴官今天不是休假嗎？」

莉娜臉上掠過驚訝神色。她不懂自己明明不是直屬部下，巴藍斯為何能掌握她的出勤狀況。

不過就巴藍斯看來，戰略級魔法師「十二使徒」之一，也是USNA軍最強魔法師STARS總隊長的動向，只要是在統合參謀總部擁有一定以上地位的軍人當然會知道。

「沒事，我多嘴了。所以妳找我有什麼事？」

巴藍斯率直為自己劈頭就講廢話離題的行徑道歉，並詢問莉娜有什麼事。

『是。其實下官有事要回報上校，並且請上校協助。』

在巴藍斯的催促之下，莉娜開口這麼說。

「繼續說。」

『是。其實剛才……正確來說是下官外出的本日〇九〇〇到一六三二這段時間，收到了自稱七賢人的某人利用編碼郵件所提供的情報。』

「妳說的七賢人是那個『七賢人』？」

巴藍斯完全沒透露內心的慌張，只以不會太過於冷淡的撲克臉回應。

『寄件人是這樣署名的，不確定是否屬實。』

「嗯……」

巴藍斯點了點頭，然後朝鏡頭使了個眼神，催促莉娜說下去。

『先以預設寄件人是七賢人的狀況向您報告。七賢人告知我軍失竊的預定作廢兵器，將被用來策劃恐怖攻擊。目標是日本。』

「兵器的種類是？」

『步兵用可攜式對空飛彈。』

「……少校，貴官認為真的有發生這起竊案嗎？」

『下官不知道事實，但曾經耳聞預定作廢的兵器失竊的傳言。』

巴藍斯嘆了口氣。連從普通的軍隊社會隔離，且不是被稱為溫室花朵，而是「溫室軍官」的莉娜都知道這件事，代表兵器管理的軍紀鬆懈並非少數例外。

『上校閣下？』

莉娜的表情浮現不安，大概是在擔心自己惹巴藍斯不高興了。

巴藍斯也是這麼解釋的。但她個人很意外會被如此解讀。

「不，沒事，說下去吧。」

『是。雖然沒有關於目標的具體情報，但信裡有提到主謀。姓名是紀德．黑顧，他是大漢滅亡之後的政治難民，中國姓名是顧傑，推測年齡六十到九十歲。黑眼睛，白頭髮。儘管身為東亞人卻有著黝黑的皮膚是其特徵。信中特別補充他可能是崑崙方院的餘黨。』

「崑崙方院？被『那個』四葉毀掉的大漢魔法師研究機構？」

『下官也這麼認為。』

難道對方企圖用小型飛彈報復四葉？巴藍斯想到這裡，就立刻覺得這個想法很荒唐。如果四葉是光用這點攻擊就能收拾的存在，就不會被人懼怕地稱為「不可侵犯之禁忌」。

『此外……』

在巴藍斯思考這種事時，莉娜繼續報告。

『紀德．黑顧是寄生物事件的幕後黑手。』

巴藍斯臉上露出理解的神色。

「這就是貴官打電話給我的理由嗎？」

即使自己的想法被看穿，莉娜也毫不愧疚。

『上校閣下，就算紀德．黑顧真的是寄生物事件的幕後黑手，也不知道對方涉案多深。或許對方和寄生物的出現無關，只是利用了逃兵。但只要對方對那個事件負有任何一點責任，下官就不能坐視不管。下官非得親手還以顏色，才肯罷休。』

「希利鄔斯少校，難道妳想去日本？」

『是的，上校閣下。』

巴藍斯面露難色，一副頭很痛的模樣。

讓莉娜出國是一件難事。光是派遣魔法師到國外，就必須經過非常慎重的判斷。如果是戰略級魔法師「天狼星」，更是難如登天。ＵＳＮＡ擁有的戰略級魔法師之一——羅蘭．巴特派駐在英國直布羅陀，但他幾乎不會離開直布羅陀基地，休假時也頂多只會刻意召回本國。去年莉娜派遣到日本是例外中的例外。

巴藍斯知道，莉娜自己應該也明白這一點，才會打電話過來。此外，巴藍斯也能理解莉娜想親手逮捕或「處理掉」黑顧的想法。

「……我沒辦法立刻回答。少校，給我一天時間。」

鏡頭另一邊的莉娜睜大了雙眼。她原本以為自己的要求比較可能被當場駁回，所以巴藍斯的回應朝好的方向發展可說是超乎她的意料。

『是，上校閣下，麻煩您了。』

視訊電話就這麼在莉娜敬禮的畫面結束了。

◇　◇　◇

同一時刻，紀德．黑顧——顧傑人在海上。

他不久之前都住在ＵＳＮＡ的前合眾國西岸，卻沒有ＵＳＮＡ的國籍。

顧傑的祖國是大漢，一個已經滅亡的國家。他原本隸屬於大漢的魔法師開發機構——崑崙方院。大漢瓦解的時候，USNA政府認定他是難民，因此他現在的身分是無國籍難民。

但顧傑是在二〇五四年渡海來到北美大陸，而當時的國名還是USA。大漢在西元二〇六四年二月瓦解，崑崙方院則是正好在前一年毀滅。

顧傑不是因為大漢滅亡或崑崙方院垮台才逃亡到北美。他是逃離了大漢。

世人認為，崑崙方院是從東亞大陸國家分裂成大亞聯盟與大漢前，就存在的大陸國家現代魔法研究機構。

不過，這並非正確的認知。

崑崙方院是大陸國家的魔法師開發機構，且研究的不只是現代魔法。

該機構同時研究古式魔法與現代魔法。

不過就和其他國家一樣，雙方是對立的。

日本的第九研原本是為了開發現代魔法師，而企圖利用古式魔法技術的研究機構。雖然不是同時研究現代魔法與古式魔法的機構，最後卻招致古式魔法師的反彈，且雙方的對立在第九研關閉之後依然延續至今。

即使是主導立場明確的組織，都演變成如此結果。在現代魔法師與古式魔法師都成為開發對象的研究機構中，雙方在方針、預算、人事各方面都會激烈搶奪主導權。

在崑崙方院也一樣，現代魔法師與古式魔法師之間爆發了主導權爭奪戰。

即使大漢成為崑崙方院的管理者，雙方依然繼續對立。不，對立反而更加激烈，最後決裂。現代魔法師在這場鬥爭中獲勝，將古式魔法師逐出崑崙方院。這是二〇五四年發生的事。

顧傑是在這時候帶著包括周公瑾在內的徒弟們一起逃到北美的古式魔法師。所以顧傑對於四葉——對於日本的魔法師，本來應該不會抱持復仇的念頭。對他來說，四葉原本應該是代替自己擊垮崑崙方院，將留在崑崙方院的現代魔法師派系全數肅清的「敵人的敵人」才對。

但是在大漢瓦解之後，顧傑將四葉——將日本魔法界設定為復仇目標。外人無從得知他當時經歷了何種心理變化，或許他自己也不記得了。

是基於愛國心嗎？

還是因為報復對象被「奪走」而惱羞成怒？

又或是需要有敵人存在，藉以維持屬下的向心力？

現在知道的事實只有一個，就是顧傑後來成立了大漢亡命之徒的犯罪網路，並君臨黑社會，妥善累積復仇用的力量。如今連他自己也只對這件事有著明確認知。

就如周公瑾生前的評論，顧傑的心理被堪稱「怨靈」的執著所占據。

因為不是講道理，所以也無法用損益得失來阻止他。失去最後一名徒弟兼屬下的周公瑾後，顧傑決定親自下手。

話是這麼說，但顧傑自己的直接戰鬥力很低。他也是大陸的古式魔法師，但他學到的魔法並非用來直接和敵人大動干戈。與敵人面對面的情況下，周公瑾的實力比較好。這是顧傑自己承認的事實。

顧傑擅長的是將「魔法增幅器」這種人當成零件製造魔法道具的技術、將「施法器」這種人改造成道具的技術，以及操縱屍體的技術。

他這種術士如同濃縮了魔法恐怖的一面於一身，不過就算先不考慮道德評價，顧傑也不是上前線戰鬥的魔法師。事實上，他至今一直只在幕後操控。

顧傑決定親自前往日本的原因，在於他就是陷入了必須這麼做的絕境。

他支援至今的反魔法國際政治團體「Blanche」在各國政府的打壓之下明顯弱化。他以首領後盾身分主宰的國際犯罪組織「無頭龍」，也在日本與USNA情報機構的聯合作戰中毀滅（大亞聯盟默認這個行徑）。

然後，他又失去了代替他在日本活動的周公瑾。對於顧傑來說，周公瑾是他脫離大漢歷經四十多年歲月後所剩下的最後一顆棋子。周公瑾死後，顧傑唯一能做的就是親自出馬。

周公瑾是在去年十月底遇害。

顧傑是在一月中從洛杉磯港口出發。

之所以間隔兩個多月，並不是顧傑無計可施，也不是在哀悼徒弟的死去，而是在鎖定最有效的舞台。其實他想立刻進行報復行動，但他自覺要是這次失敗，就沒有後路了。

顧傑沒有能夠當成攻擊手段的魔法底牌。雖然不是完全沒有，但是威力不足以對付高階魔法師。所以他必須先從著手調度武器開始。

如果Blanche或無頭龍還在的話，他只要一聲令下就能搞定，如今卻花了一個多月才湊到足夠數量。

同時還要安排船隻橫渡太平洋。這也是他親自進行。正確來說，是將臨時僱用的地痞流氓改造成用過即棄的傀儡，讓他們負責處理。不過這種「傀儡」必須細心逐一下令，所以耗費的心力和他自己出馬差不多。此外為了避免留下痕跡，他將這些「傀儡」一起帶上船，並在公海扔掉了他們。

「顧大人，預定明天早上可以進入橫須賀港。」

顧傑在完全包覆甲板的太陽能電池板下方，眺望船隻目的地方向的大海的時候，貨船船長前來搭話。

「正如預定嗎……」

顧傑沒露出舟車勞頓的樣子，以沉穩聲音回應。

顧傑現年九十七歲，外表看起來卻只像是五十歲左右。頭髮已經雪白，然而以東洋人來說偏黑的皮膚上，卻看不出細紋以上的皺紋、龜裂、鬆弛或瘢痕（老人斑）。

「然後，大人……關於說好的報酬……」

「我知道。我會依照約定，在明天拂曉對你施法。」

「謝謝大人！結束這趟航海之後，我對大人的忠誠依然不變。」

顧傑以滿意的表情點頭，並且在背地裡鄙視船長的愚蠢。

船長希望的報酬是長生不老。

顧傑確實能使用不老的術法。他的「外表」就是證據。

不過這即使保證「看起來」不老，並不保證長生，更不是不老不死。

這個不老術法是顧傑在崑崙方院開發的魔法，也是古式魔法師被逐出崑崙方院的原因。

大漢高層想以魔法長生不老，這是掌權人的常態。對此，崑崙方院的現代魔法師集團回答不可能實現，古式魔法師集團則保證可以實現。崑崙方院原本的目的是開發兵器，古式魔法師陣營在這方面落後現代魔法師陣營，因此這是有機會起死回生的一步棋。

在古式魔法師集團之中，顧傑開發出了最有希望的魔法。也就是他的不老術法。

二〇四九年，他以自己為白老鼠使用這個魔法。

二〇五〇年，為了驗證魔法的安全性，他試著對九名徒弟使用相同術式。

經過五年的二〇五四年時，確認顧傑已經停止老化。徒弟們也看不出老化徵兆，因此眾人認為長生不老的魔法完成了。

但是這個術式有陷阱。「不老術法」確實是讓人看起來停止老化的魔法。然而調性不合的人接受這個魔法，會在三到六個月的時候突然死亡，如同以壽命當成常保青春的代價。

沒有魔法可以永遠發揮效果。現代魔法與古式魔法都一樣。不老術法必須由受術者持續對自己使用魔法才能成立。

這個魔法是給擁有仙術天分的古式魔法師用的。

持續對自己使用不適合魔法的魔法師會怎麼樣？

不是魔法師的人，強制持續將魔法使用在自己身上會怎麼樣？

不老術法告知了其中一個答案。

掌權人提供了親人進行「長生不老實驗」，顧傑則是在這些白老鼠身上，得知自己的魔法不完整的事實。

結果就是古式魔法師集團遭到肅清。

顧傑率先得知實驗失敗，便帶著徒弟逃到北美。

後來顧傑花了二十年，得知自己創造的魔法也沒有延長壽命的效果。

是經由徒弟們的死得知。

到頭來，他開發的術法只是停止表面上的老化。顧傑能夠活到這個年紀，只不過是因為他原本就長壽。

這艘貨船的船長想要這個不完整的魔法。

顧傑對此感到滑稽。

讓船長知道不老術法的不是別人，正是顧傑。為了將船長當成棋子利用，顧傑告知他「有一個祕術可以常保年輕直到死亡」，表示只要船長提供協助，就會對他使用這個魔法。

顧傑沒說謊。船長肯定會維持「現在」的年輕模樣而死。恐怕活不過半年。

而顧傑也自覺自己剩餘的時間不長了。

「明天就要開始忙了。」

「我在陸地上也派得上用場喔。大人，請儘管吩咐。」

船長不知道顧傑這句細語的真正意義，得意洋洋地回應。

◇　◇　◇

巴藍斯要求莉娜讓她考慮一天，但她後來的行動很迅速。

明天早上從辦公室出發的單日出差已經安排妥當。地點是新墨西哥州羅斯威爾郊外的STARS總部。

她將必須在明天之前盡快完成的行政工作解決之後返家，以家裡私藏的編碼機寄送電子郵件。這台編碼機是黑羽亞夜子送的，而郵件收件人是四葉真夜。郵件內容幾乎和莉娜的報告相同。內容敘述失竊的可攜式飛彈預定用來在日本國內發動恐怖攻擊，以及主謀紀德・黑顧很可能是崑崙方院的餘黨。

巴藍斯沒有把從莉娜以外的管道取得的密告寫在郵件裡。這攸關ＵＳＮＡ政府內部的醜聞。巴藍斯雖然和四葉家結盟，卻不是全盤相信。她認為對方應該也一樣。若是要出賣同僚，她不會多做猶豫，但她無法做出損害國家利益的行徑。

巴藍斯用餐時，真夜回信了。內容是感謝她提供情報。這對巴藍斯來說沒有意義，但她不在意。因為剛才那封郵件的目的，是用來表示自己有對盟友盡到道義的表面工夫。

巴藍斯在最後再度確認STARS各隊長的行程，然後前往浴室。

◇　◇　◇

真夜收到巴藍斯這封信的時間，是日本時間一月二十八日星期一的上午八點。

「葉山先生，崑崙方院的餘黨似乎想在日本發動恐怖攻擊喔。」

「這還真是件大事呢。」

葉山回應得很流利。他當然知道真夜在崑崙方院所受到的折磨。照理說在考量到真夜的心情後，會無法立刻回應也是理所當然。即使真夜語氣毫無憤怒或憎恨也一樣。

「大事？對方可是失去歸宿的野狗喔。」

但是並非完全沒有情感。真夜的語氣蘊含侮蔑。

「夫人，既然崑崙方院有餘黨，就代表對方逃離了前任與前前任當家大人的追殺。」

葉山告誡真夜過於自滿。

「不曉得對方擁有哪種特異能力。屬下認為最好不要大意。」

「我知道。」

真夜嘴裡這麼說，同時以嘴唇刻出冷笑。

「不過，用小型飛彈做得了什麼？日本不是戰亂地帶喔。帶著這麼顯眼的東西走在街上，不就等於是請警察逮捕自己嗎？」

「實際上在橫濱事變時，事前埋伏的游擊兵就使用了可攜式飛彈。」

「那是因為有偽裝艦的後援吧？」

真夜反射性地反駁，然後立刻改口。

「……不，確實無法保證可以完全防止恐怖攻擊。」

「就算是魔法師，在毫無防備的狀態下被飛彈命中也會致命。何況如果目的是恐怖攻擊，就不一定會直接使用小型飛彈，也可能只拆下彈頭，當成炸彈使用。在連續戰爭當時，世界各地就看得到這種自爆攻擊。」

葉山舉出數個實際案例，使真夜也無法否認需要處理這個問題。

「我知道了。就派人尋找別名紀德・黑顧的顧傑下落吧。不過師族會議將近，我想沒辦法派太多人。」

下個月——二〇九七年二月的上旬，要舉行師族會議。尤其這次預定要在第二天進行每四年舉行一次的十師族甄選會議。

那是決定接下來四年十師族的會議。擁有獲選為十師族資格的二十八家，在這個時期會進行最後衝刺，希望在甄選會議取得優勢。由於是二十八家互選，所以沒有大規模的選舉活動，不過相互惡鬥或關說的行徑相當氾濫。

四葉家也無法無視於十師族的特權。現在是活用過去四年……不對，是活用以往所有協商材料，投入大量人力的狀態。

「這件事要找其他家嗎？」

葉山詢問是否要向其他十師族或師補十八家求助，真夜在稍微思索之後搖了搖頭。

「我不希望他們追究情報來源。我想想……請放出消息說：有恐怖分子從國外入侵，要對魔法師不利。這麼一來，會出動的就會出動吧。可以在中午之前著手進行嗎？」

「是，夫人。兩小時後就能開始。」

葉山行禮致意，表示自己準備進行搜索與情報操作。

◇ ◇ ◇

日本時間一月二十八日上午九點，載著顧傑的貨船進入了橫須賀港。

顧傑在登陸之後立刻集合必要的人員。話是這麼說，但他早在入港前就安排妥當。即使失去無頭龍這顆棋子，顧傑在幕後操控無頭龍的時代，也累積了不少黑暗社會的知識。只要不在乎品質，要召集人馬並非難事。再怎麼豐饒的社會，也會有無法謀生的人。

顧傑在登陸前就確定了目標。師族會議的舉辦場所是機密，只有相關人士知道。不過只要使用至高王座就能輕易查出。

超級駭客工具——至高王座。顧傑不喜歡隨便幫事物冠上「超級」兩個字，不過這個工具真的只能以「超級」來形容。

至高王座的情報收集能力，真的是遍及全世界。顧傑也知道該系統無法連結離線情報，但是在現代，從未上傳到網路的有用情報幾乎是零。此外，即使是再怎麼複雜的編碼，至高王座也都能解讀。連原理上不可能解讀的量子編碼通訊，至高王座都能顛覆「無法神不知鬼不覺地側錄復原金鑰」這個大前提而破解。

究竟是誰創造了這個系統？是誰基於什麼目的，將這個系統的終端裝置送過來？顧傑剛開始也有所提防。他曾搜尋沒什麼益處的資料，試著揭發這個系統潛藏的惡意。

結果顧傑輕易地得知了其副作用。

使用至高王座調查的履歷會被記錄在系統，其他管制員也看得見。

只不過，無從得知是誰調查的。只知道「什麼資料被查過」。

顧傑感到掃興。他從一開始就預料到系統提供者可能會知道他調查過什麼。至高王座的管制員共七人，而且身分不得而知，但顧傑（自認）不是天真到會全盤相信這種事的人。送終端機給他的系統管理者，應該知道誰以哪個終端機連線。如果明知這一點也依然使用，那麼會被其他管制員看見搜尋履歷，也稱不上有實質的損害。

顧傑不再猶豫使用至高王座。

他當然有隨時提防系統可能說謊，不只得到任何情報都會從其他管道求證，也有很多情報因為無法證實而沒有使用。即使如此，至高王座依然是方便有用的工具。

顧傑這次擔心的問題，是他調查了十師族聚集在哪間飯店之後，可能會有人從搜尋履歷預測師族會議將會遇襲。顧傑沒有低估十師族的實力。如果至高王座的管制員之中有十師族的相關人士，或是和十師族利害關係一致的人，對方就可能在會場設下陷阱嚴陣以待。當然，他有一如往常地細心注意搜尋關鍵字的設定，以避免發生那樣的狀況。但即使至今的行動都以成功收場，也無法保證這次也能順利。

顧傑將這一點也考量在內，於是湊到了即使遭遇埋伏也能達成目的的人數。

顧傑的目的不是暗殺十師族當家。他的計畫是在「社會層面上」埋葬十師族，埋葬消滅崑崙方院的四葉家。

顧傑目送「傀儡們」接連搭貨車前往箱根時，一股湧上心頭的邪惡喜悅令他發笑。至於傀儡的材料，則是他在橫須賀召集的貧窮善良市民們。

◇　◇　◇

莉娜雖然對訓練突然中止感到困惑，依然遵照命令前往基地司令室。

同行的是STARS第一隊隊長班哲明・卡諾普斯。是莉娜最依賴的STARS第二把交椅。

「班，你覺得究竟會是什麼事？」

莉娜以透露不安的語調詢問，卡諾普斯朝她搖了搖頭。

「老實說，我猜不到。不過最近沒弄壞東西，我想應該不會是被司令官閣下罵。」

STARS訓練時經常弄壞物品。可能是裝備、駕駛工具或訓練設備，弄壞的東西五花八門。既然是進行戰鬥訓練，這就某種程度來說也是在所難免，但是STARS（尤其是隊長級）的狀況已經超越了「在所難免」的範疇，因此莉娜經常聽基地司令發牢騷或挖苦。

「說……說得也是。」

卡諾普斯會心一笑地看著輕聲為自己打氣的莉娜。卡諾普斯有個只比莉娜小兩歲的女兒，因此面對莉娜都會不禁覺得自己像是她的監護人。

反觀莉娜則是不知道部下以這種溫暖的目光看她，只是握緊拳頭用力點頭，為自己加油——這個稚嫩的舉動更加助長了卡諾普斯把她當成女兒看待的心態，但莉娜本人完全沒察覺。

勉強成功將不安心情塞進心底的莉娜，以符合軍人形象的堅毅（自認）表情，敲了敲司令室的門。門鎖隨著一道「進來」的聲音解開。莉娜自己開門，並在看到室內的意外人物後不禁驚叫出聲。

「巴藍斯上校閣下？」

在司令官室的是坐在辦公桌後方的基地司令，以及坐在桌旁椅子上的巴藍斯。

「少校，妳還在做什麼？進來吧。」

同樣是上校的基地司令渥卡以不耐煩的語氣下令，莉娜便連忙走到桌前。

卡諾普斯以從容態度跟在莉娜身後。

「希利鄔斯少校、卡諾普斯少校，放輕鬆點吧。」

渥卡朝著在桌前敬禮的兩人這麼說。

「是！」

莉娜與卡諾普斯同時做出「稍息」的姿勢。

「巴藍斯上校有話對你們說。」

渥卡說完站了起來。

「那麼，巴藍斯上校……」

巴藍斯也接在渥卡後面起身。

「渥卡司令，借用一下您的辦公室。」

渥卡與巴藍斯同時敬禮，接著渥卡就離開了司令官室。

巴藍斯以遙控器鎖上房門，接著才總算面向莉娜。

「希利鄔斯少校，我想妳看到我在這裡就已經察覺了，我是為昨天的事情過來的。」

「是。」

如同巴藍斯所說，莉娜隱約察覺了巴藍斯是來回答她昨天的請求。

「很抱歉，我沒辦法實現少校的要求。」

而且，答案正如莉娜的預料。

「少校是STARS總隊長，也是戰略級魔法師，不能隨便讓妳出國。」

莉娜已經聽膩這個理由，卻無法由衷認同。去年被派遣到日本時，即使看結果是她適任，但是莉娜只覺得當初的任務完全是找錯對象，隨便選人。

考量到這一點，己軍出狀況導致友好國暴露在恐怖攻擊威脅的現在，最適合由STARS負責處理。至少莉娜是這麼認為的。而且既然幕後黑手很可能是魔法師，就更不用說了。

「——這是表面的說法。」

不過，莉娜懷抱的不滿被下一句話轉移了焦點。

「高層懷疑少校對日本抱持過度的同理心，也猜測少校可能想逃亡到日本。」

「請等一下！下官是對祖國宣誓效忠的！」

「我知道。」

莉娜不禁反駁，巴藍斯也以安撫語氣與表情同意她的說法。

「我不質疑少校的忠誠心。但少校有日本血統，又是年僅十七歲的少女，有人會只因為這樣就質疑妳的忠誠心。」

莉娜心有不甘。由於她的外表幾乎完全是盎格魯薩克遜人，從未遭受過人種歧視的偏見。不過那其實只是沒有當面歧視她，還是有人會背地裡抱持這種偏見。想到這裡，莉娜就差點氣得腦袋充血。

「這真的只能以愚蠢來形容。不過正因為如此，我們不應該讓這種愚蠢的傢伙有機可乘。少校，貴官是我國的王牌。」

不過，即使心裡滿是令她眼前發紅的熊熊怒火，莉娜也是訓練有素的軍人，不會氣到沒將長官的話聽進去。何況這番話說來有道理，且也是為她自己著想而講的。

「不能派希利鄔斯少校到日本，但是事實上，這件事也不能置之不理。」

巴藍斯停下來喘口氣，加強聲音中的力道。

「所以，就派卡諾普斯少校前往日本。希利鄔斯少校，這樣可以吧？」

「……知道了。下官待命接受其他指示。」

莉娜克制著內心的不滿，朝巴藍斯敬禮。

巴藍斯說聲「很好」，緩緩點頭。

「那麼，接下來要向卡諾普斯少校說明任務細節。希利鄔斯少校，妳可以離開了。」

「是。上校閣下，恕下官告辭。」

莉娜也想直接向卡諾普斯說明，卻沒自信避免自己想去的念頭復燃，因此乖乖離開。

「──我說完了。卡諾普斯少校，有問題嗎？」

巴藍斯向卡諾普斯說明預定作廢的飛彈遺失的事件，以及「七賢人」提供給莉娜的情報，然後如此詢問。

「不，上校閣下，沒問題。」

日本會發生恐怖攻擊的情報來自於真實身分不明，甚至不確定是不是自己人的「七賢人」密告。巴藍斯這個問題蘊含「只以這種不確定的根據就出任務，是否讓你有所不滿？」的意思，但卡諾普斯沒有提問，也沒有表達不滿。

「這樣啊。那麼卡諾普斯少校，我要問貴官一件事。」

「是，請問是什麼事？」

巴藍斯謹慎觀察卡諾普斯的表情，卻完全看不出慌張。巴藍斯對此不是感到推測落空，而是感到放心，並且慎重詢問：

「卡諾普斯少校……不，這時候容我刻意叫你班哲明．洛茲少校。」

巴藍斯這個問題還沒說完，卡諾普斯的眉頭就微微一顫。

「少校和總統次席輔佐官凱因．洛茲先生有血緣關係吧？」

「是。下官認為上校閣下應該知道了，次席輔佐官閣下和家父是堂兄弟，而兩人的母親是從表姊妹。」

換句話說，洛茲家是近親結婚。不過在上流階級中，這種程度的血緣關係並不稀奇。

「其實『七賢人』提供的情報，不只是我剛才說的那些。我很希望這是假的……」

巴藍斯面露躊躇，卡諾普斯的表情微微改變。

變為隱約透露出「該不會……」的表情。

「關於這次預定作廢的兵器外流到國外，以及恐怖分子出國的事情，洛茲次席輔佐官似乎給了點方便。」

「……意思是次席輔佐官閣下被恐怖分子收買了嗎？」

卡諾普斯問完，巴藍斯就以沉鬱表情搖頭。

「是這樣的話，反倒還算輕鬆呢。」

「您擔心有更嚴重的事情？」

巴藍斯難以啟齒地蹙著眉頭開口。

「次席輔佐官很可能不是被收買，而是他自己以及和他交情好的議會大老，試圖利用紀德·黑顧。」

卡諾普斯展露驚訝，相對的，巴藍斯則提出一個乍聽和事件沒有直接關係的問題。

「少校，貴官對人類主義者有什麼看法？」

一般人認為這是基督教衍生型（異端）的宗教運動，主張「人類應該只以人類獲准使用的力量生活」，標榜反魔法主義。或是以此為表面藉口的魔法師排斥運動。

不過，卡諾普斯的回答更簡潔。

「是集體歇斯底里症。不過下官認為，必須多加注意某些想要利用他們的勢力。」

「你身為魔法師，沒感覺到威脅嗎？」

「要是他們行為繼續偏激下去，下官認為就必須採取一些應對措施了。因為我們魔法師也沒道義乖乖背黑鍋。」

「……看來貴官的想法挺激進的呢。」

「上校閣下，您誤會了。下官只是認為市民不行使自衛權會不利於社會。被自稱受害者的人們誹謗中傷，可能導致人種歧視橫行以及國家分裂，這種風險絕對不能小覷。」

「我明白貴官的政治理念了。這當前不成問題。」

巴藍斯表示不過問，表情卻顯露厭惡。

「雖然過程不同，但洛茲次席輔佐官似乎也和貴官得出了相同結論。要是繼續放任人類主義者，恐怕會對國家造成嚴重的損害。」

巴藍斯觀察卡諾普斯的神情，但卡諾普斯面不改色到厚臉皮的程度。

「不過，這裡是自由的國度，必須盡量保證言論自由。再怎麼師出有名，也必須避免進行言論管制。至少政治家是這麼認為的。」

「上校閣下，下官有同感。」

「……而次席輔佐官所屬的集團，正企圖讓人類主義者的矛頭轉向國外。」

「讓他們在日本對魔法師進行恐怖攻擊，以滿足內心的施暴衝動？」

「少校，別這麼挖苦人。這不是我的想法。」

巴藍斯以不悅表情反駁露出冷笑的卡諾普斯。

「上校閣下，下官失禮了。」

卡諾普斯率直地道歉，大概是認為這次是自己態度不佳吧。

巴藍斯或許也覺得自己過於神經質，沒有提及卡諾普斯的道歉就繼續說下去。

「而且，如果『七賢人』提供的情報屬實，洛茲次席輔佐官集團的目的，就不是單純在日本引發恐怖攻擊。」

「您的意思是？」

「炸彈恐怖攻擊要只鎖定殺傷目標，事實上是不可能的事，肯定會殃及市民。」

「難道……」

卡諾普斯至此首度變了臉色。

「只靠步兵用飛彈的火藥威力，除非能巧妙地出其不意，否則無法殺傷高階魔法師。但如果準備數十個改造成炸彈的彈頭，即使是日本的十師族，應該也很難完全阻止爆炸。高階魔法師能以反物質耐熱護壁免於被炸傷，不過湊巧位於當場的普通市民就無法倖免於難。遭受來自多個方向的攻擊時，不可能完全保護無辜的市民，最後，魔法師以外的市民就會出現傷亡。這是『七賢人』提供的劇本。」

「然後讓人類主義者注意對市民見死不救的日本魔法師，讓他們的能量朝向日本宣洩，削弱我國排斥魔法師運動的勢力，也能降低人類主義者過於激進而導致社會不安的風險，是嗎？」

「一點都沒錯。」

卡諾普斯眼中亮起犀利光芒。

「那麼，下官的任務是在事發之前逮捕紀德．黑顧，以防止恐怖攻擊嗎？」

「我是很希望能這樣做。」

巴藍斯厭惡地扔下這句話。

「經過去年的寄生物事件，日本當局也對我們的行動很敏感吧。得認定我們不可能瞞著日方在日本國內逮捕黑顧。這麼一來，日方將會追究我們緝捕黑顧的原因，我軍兵器落入恐怖分子手中的事件也肯定會曝光。」

「可是，如果真的發動恐怖攻擊，日方也會發現恐怖分子使用我軍的兵器吧？下官認為比起事先阻止，這種結果更加不利。」

「遺失的兵器透過掮客落入恐怖分子手中，以及我軍兵器直接被恐怖分子偷走——兩者的意義大不相同。」

「……意思是要對日本人見死不救？」

「紀德．黑顧主導的恐怖組織想躲到日本這部分，我已經透過私人管道警告了。」

卡諾普斯並沒有完全認同巴藍斯這番話。不過卡諾普斯不得不接受巴藍斯表示一定要堅守USNA立場的主張。卡諾普斯不只是魔法師，更是軍人。身為軍人更是魔法師以及善良少女的莉娜，和卡諾普斯的最大差異就在這裡。

「少校，你的任務是無論恐怖攻擊是否發動，都要暗殺紀德．黑顧。即使紀德．黑顧遇害，恐怖攻擊應該也不會中止，但你無須擔心這件事。依照『七賢人』提供的情報，黑顧似乎不走空路。如果是在公海，稍微放手去做也無妨。不能讓日本人逮捕黑顧。」

「知道了。」

卡諾普斯敬禮接受任務，巴藍斯則面露罪惡感地看向他。

「少校，對不起。我知道貴官的任務不是這種骯髒的工作，但對方很可能是特殊的魔法師，所以我們這邊也得派高階魔法師對付。」

卡諾普斯結束敬禮，露出不是在逞強的笑容搖了搖頭。

「上校閣下，請不用為下官操心。下官反而感謝上校閣下挑選下官。因為下官希望盡量避免總隊長……避免莉娜負責暗殺之類的血腥工作。」

卡諾普斯再度敬禮，然後離開司令官室。

◇　◇　◇

日本時間一月二十九日晚間六點，卡諾普斯抵達橫須賀日美共同基地。

自從二十年世界連續戰爭時將所有部隊召回本國，就沒有美軍駐日基地了。不過USA成為USNA之後，日美同盟依然以其他形式延續下去。同盟國會相互設定基地當成自己國家的基地使用。橫須賀基地也是其中之一（雖然這麼說，但日本國防軍幾乎沒有使用過USNA國內的共同基地）。

STARS第一隊隊長卡諾普斯來到日本當然是機密事項。他沒離開基地，而是轉搭即將出港的USNA海軍驅逐艦，直接前往外海。

載著卡諾普斯的艦船沿著相模灘往南，在房總半島與大島中間海域和全長二十公尺的小型遊艇交會。卡諾普斯在兩艘船距離最近的瞬間，披上了能使包含紅外線在內的光線散射的光學迷彩魔法，從驅逐艦跳到遊艇上。平流層監視器大概會拍到模糊的影子，但應該看不出真實身分。卡諾普斯就這樣順利偷渡進入日本。

這艘遊艇是USNA大使館提供給幹部休閒用的，但也有強化動力與船身外殼，作為諜報用途。偵測器之類的裝置當然是最先進機種。雖然沒武器，不過只要卡諾普斯在船上，這一點就完全不成問題。

卡諾普斯指示這艘遊艇開往相模灘。沿著伊豆半島南下，並在石廊崎外海掉頭，北上到駿河灣。由於航行速度緩慢，他將近半夜才發現要找的船。

那是艘用太陽能電池船頂完全包覆甲板的小型貨船。安裝在船身兩側的懸臂在航行時往左右開啟，張開如同飛魚胸鰭的薄膜太陽電池，增加發電量。此外還內建併設光觸媒氫氣裝置型燃料電池作為輔助動力源，全船動力幾乎以太陽能供給，是在二十一世紀後半躍升為海上運輸新主力的低成本貨船。

紀德·黑顧據報離開ＵＳＮＡ的那一天起，這艘貨船就被鎖定了。不過該船原本預定在昨天抵達日本，因此卡諾普斯放棄在公海上臨檢，而是尋找該船停靠的港口。

「少校閣下，是那艘船嗎？」

擔任船長的ＵＳＮＡ海軍軍官，以敬佩與畏懼交雜的語氣詢問卡諾普斯。他是本次任務的臨時部下，知道卡諾普斯的真實身分。STARS是現存部隊，卻已經成為傳說級的存在，而卡諾普斯又是獲頒一等星代號的校官。這名軍官不知道「老人星」是僅次於「天狼星」的第二代號，卻依然如此緊張。要是得知卡諾普斯的順位，或許會好一段時間都無法正常工作。

卡諾普斯對船長的詢問露出苦笑。毫無壓迫感的瀟灑笑容，使得船長感覺放鬆了些。

「很遺憾，船舶不是我擅長的領域。若要識別船隻，你們應該比我更熟練吧？」

卡諾普斯暗示「這應該由你的部下斷定」，使得被反問的船長挺直了背脊。

「長官，恕屬下冒犯了。確定是那艘船無誤。」

「我當然相信你。」

卡諾普斯一臉正經地點頭回應，船長也鬆了口氣。

「船長。」

「是，少校閣下。」

收起笑容的卡諾普斯，以符合表情的語氣吩咐船長。

「監視那艘船。既然刻意從橫須賀回航到沼津，或許是打算逃走時也搭那艘船。」

「知道了。屬下立刻通知現場幹員。」

「今晚就這樣在這裡監視它。」

「少校閣下，您不登陸嗎？」

「已經過了可以登陸的規定時間。執行這項任務時，絕不可無謂地引人注目。」

「是，長官！」

卡諾普斯默默點頭，看向貨船。

◇　◇　◇

經過巴藍斯的說服，莉娜斷然放棄前往日本。她認為交給卡諾普斯就不會出差錯。卡諾普斯是資深的戰鬥魔法師，如果排除重金屬爆散，或許比身為天狼星的她還強。卡諾普斯出任務絕對不可能失手。莉娜如此說服自己。

即使如此，莉娜卻再也無法忍受自己什麼都不做。

「……對，我不出手，會乖乖待在這裡。相對的……如果只是警告朋……認識的人，那應該就沒問題了！」

即使是沒人聽到的自言自語，莉娜依然在「朋友」兩個字講到一半時連忙改口。她會紅著臉環視周圍，怎麼想都是她自己想太多了。

大概是自己也覺得有點幼稚，莉娜先是輕咳一聲清了清喉嚨（這行為也相當可愛），才面向視訊電話的面板。

現在時間是深夜兩點。換句話說，她就是持續悶悶不樂到這個時間，不過現在日本時間是晚上六點。雖然不是莉娜刻意計畫，但現在正是時候。

莉娜早就決定打電話，卻在要實際行動時再度開始猶豫。她在面板前面重新振作，撥打深雪的號碼。

鈴響五聲之後，畫面亮了起來。螢幕中映出一年不見的勁敵的臉龐，而那原本就令人愕然的美貌，現今又更顯光彩。

『哇！莉娜，好久不見！』

這雙眼神中沒有嫉妒、畏懼、諂媚或仰慕，就只是單純看著安潔莉娜。莉娜誤以為覆蓋在內心表面的寒冰融化了。

「嗨，深雪，好久不見。妳過得好嗎？」

『嗯，託妳的福。莉娜是不是有點瘦了？還好嗎？工作不是很忙嗎？』

深雪毫不刻意地以「工作」形容STARS總隊長天狼星的任務。這種自然的大膽表現令莉娜覺得舒服。

「我有變重耶，大概是長肌肉了吧。」

『是喔……原來是身材雕塑得越來越緊實了。真羨慕妳。』

「深雪……就說了，妳講這種話聽起來只像是挖苦。再說妳又是怎麼回事？怎麼變得更迷人了？妳要變得多麼漂亮才肯罷休啊？」

『莉娜講這種話，聽起來才像在挖苦就是了……如果我看起來真的變漂亮了，肯定是託哥哥的福。』

莉娜感到掃興。真是的，只要除去這一點就完美了……她對此深感可惜。

「……這麼說來，深雪，妳和達也訂婚了吧？恭喜。」

『莉娜，謝謝妳。不過妳的消息還真靈光呢。』

「因為是那個四葉的『公主』訂婚啊，我怎麼可能不關心呢。」

『是嗎？那麼，難道莉娜是特地打電話恭喜我？』

深雪露出開心幸福的笑容，使得莉娜訝異得愣住了，也因而想起原本的目的。

「嗯，不，抱歉，不是這樣。」

畫面中的深雪聽到莉娜的道歉，並沒有變得不高興，而是疑惑地問：

『哎呀，不然是有什麼重要的事情嗎？』

對我露出這麼可愛的表情做什麼？莉娜在內心如此吐槽，同時集中精神。

「嗯。應該是非常重要的事情。」

『……請哥哥過來比較好嗎？』

莉娜思考不到一秒鐘，就同意了深雪的提議。

「也對，最好也讓達也知道。」

『等我一下。』

畫面進入待命模式。

大約三十秒後，螢幕再度映出深雪美麗的容貌。

『莉娜，好久不見。』

「嗨，達也，好久不見。」

達也坐在深雪身旁。一反莉娜的預料，達也與深雪的距離不是零。

『雖然想慢慢交流近況，不過妳好像有重要的事情要說。我們以後再找機會敘舊，先講重要情報給我聽吧。』

「達也，你還是老樣子呢。我欣賞你這直腸子的一面。」

莉娜講完就心想「糟了」。當面對達也說「欣賞」等於是幫深雪的嫉妒點火，而且還又注入航空燃油。

不過這次也一反莉娜的預料，深雪面不改色。

這令莉娜感到毛毛的。

「那個……深雪，妳不生氣？」

『咦，生什麼氣？』

深雪一臉真的想不透的表情，簡短反問。

對深雪來說，女性欣賞達也是理所當然，沒必要生氣。但是莉娜不知道這一點。

「不，沒事。」

沒惹火深雪是再好不過。莉娜決定趁機進入正題。

「達也、深雪，你們記得『七賢人』嗎？」

達也與深雪轉頭相視。

『記得。』

回答的是達也。

『妳從七賢人那裡取得什麼情報了嗎？』

達也腦中浮現雷蒙德．克拉克的臉，同時詢問莉娜。她應該不知道「七賢人」的真實身分，也不知道雷蒙德是七賢人之一。

「嗯，沒錯。」

莉娜沒有心電感應之類的特異能力，看不到達也腦海裡的影像，也沒有足夠眼力看穿達也的撲克臉。

「七賢人有提供情報，說大漢的餘黨計畫在日本發動恐怖攻擊。」

莉娜把達也的回應當成單純的詢問來回答這個問題。

「主謀叫作紀德．黑顧，中國姓名是顧傑。他是崑崙方院的餘黨，推測是魔法師……深雪，怎麼了？」

深雪聽到顧傑這個名字差點忍不住叫出聲，連忙摀住嘴。莉娜察覺異樣之後，便疑惑地詢問理由。

『因為對「我們」來說，崑崙方院這個名字具備特別的意義……抱歉打斷妳說話。』

其實深雪是因為去年聽雷蒙德說的另一個「七賢人」的名字突然出現而嚇了一跳，不過達也卻沒有任何反應，深雪才連忙如此說謊。

「啊，原來如此……」

莉娜知道四葉家和崑崙方院的恩怨，所以認為四葉的繼承人深雪聽到「崑崙方院的餘黨」難免亂了分寸，沒有繼續懷疑。

「你們或許已經察覺了，我認為黑顧的目標很可能是四葉。」

『原來如此。我也認為這個推測很妥當。所以妳才聯絡深雪嗎？』

「啊，嗯，總之，就是這麼回事。」

聽到達也說「我也這麼認為」，莉娜莫名覺得害臊。

『深雪與我確實都不能置身事外吧。因為深雪也可能被直接鎖定……』

「達也……別講得好像事不關己。你也可能成為黑顧的目標喔。」

莉娜傻眼地這麼說。

『衝著我來的話，正合我意。』

達也以無懼一切的表情回答。

「……喔，也對。這麼一來或許可以比較快解決。」

莉娜聽完不禁認同達也的說法。

莉娜仍然不曉得達也真正的能力。她曾經懷疑達也是擅長精神干涉系魔法的幻術師，不過在和寄生物的最終決戰與達也並肩作戰之後，她開始覺得不是這樣了。

總歸來說，達也在莉娜眼中是真相不明的神祕魔法師，但只有他的實力連莉娜也無從質疑。

敵人是只能依賴舊型可攜式飛彈這種東西的魔法師，莉娜無法想像達也會輸給這種人。

『莉娜，怎麼了？看妳突然一臉不再擔心的樣子……』

深雪不經意地指摘，使得莉娜心臟劇烈一跳。

自己為什麼得在確定達也不會輸之後感到放心？

「沒有啦，那個，你們想想……」

心跳聲很吵，讓莉娜無法好好說話。

『就算妳要我們想想……』

莉娜對達也的苦笑感到焦躁。

「啊～真是的！你們想想，換言之，總歸來說，我想把黑顧的事……」

莉娜在即將講到「告訴你」的時候察覺不對，連忙閉口。

『我懂了……也就是說，因為妳急著想盡快把黑顧的事告訴我們，所以就在說完之後鬆了口氣，是嗎？』

「對，就是這樣！」

慌張的莉娜對達也伸出的援手做出誇張反應。

「啊……」

莉娜的臉越來越紅。

『這樣啊。莉娜，謝謝妳。』

達也沒提及莉娜臉紅一事，直接向她道謝。

「用……用不著道謝啦！我只是覺得如果假裝不知道，晚上肯定會睡不好！那我掛電話了，達也、深雪，晚安！」

完全忘記時差的莉娜在迅速說完之後結束通話。

她粗魯地脫下身上的衣物亂丟，沒穿上睡衣就直接鑽進被窩。

自達也與深雪接到莉娜的電話至今，約過了一週。

莉娜是在上週二打電話，今天是週一，所以正確來說是六天。目前恐怖分子沒襲擊，也完全沒有黑顧的線索。不只是達也他們，真夜的人馬以及卡諾普斯搜索黑顧至今，也是沒有進展。

而今天是二月四日。今天起的兩天，預定要舉辦師族會議。

師族會議是日本魔法界的高峰會。即使是沒將十師族尊為魔法師領袖的古式魔法師，也無法否定師族會議的影響力。尤其今年的第二天預定舉辦十師族甄選會議，以決定接下來四年的十師族，使得魔法師們更加關注這場盛會。

第一高中的學生們今天也是從早上到校就開始心神不寧。他們還是高中生，但遲早會冠上魔法師的頭銜，所以無法對此漠不關心。尤其是十師族與師補十八家，以及可能在接下來的十師族獲選或落選的家系關係人，肯定會因為在意會議的結果，弄得做任何事都無法專心。

這是第一高中學生共同的認知，所以深雪一如往常地出現在二年A班的教室時，學生們都因為感到意外而僵住，使教室寂靜無聲。

「雫、穗香，早安。」

深雪一如往常地和坐在前面的雫及站在雫旁邊的穗香打招呼。加諸在同學們身上的無形束縛因而解除。

「深雪？妳為什麼來學校？」

穗香發出近似哀號的聲音。緊接著，喧嚷聲便籠罩了二年A班的教室。

「哪有為什麼……今天不是平日嗎？高中生來上學是理所當然的啊。還是說我在不知不覺中被排擠了？我遭到霸凌了嗎？」

深雪單手按著臉頰問道，一副在說「真傷腦筋」的樣子。

穗香被預料之外的反擊弄得目瞪口呆。雫也露出在思索不知道該如何支援的表情。

不過，兩人的困惑沒有持續太久。

「對不起，我開玩笑的。」

因為深雪立刻輕聲一笑。

「妳們以為我會缺席對吧？因為今天起是師族會議。」

「對……對啊！」

意識重開機的穗香猛然逼近深雪。

「深雪，妳不用去會議場嗎？這次是甄選會議不是嗎？既然妳是下任當家，啊……」

穗香以一副「糟糕，說錯話了」的表情按住嘴。

偷聽的同學們也全體一同移開目光。

「你們明明不用這麼顧慮我啊……」

深雪露出為難的笑容。不過，一直到不久之前都還對她敬而遠之的班上同學，實在無法不在意這一點。

「所以深雪，妳不去沒關係嗎？」

表情乍看就像深雪說的那樣沒有無謂顧慮的發問者，是擅長破壞尷尬氣氛的雫。

「因為沒人叫我去嘛。」

深雪笑著如此回答，使得表示「咦？」的視線集中過來。

「雫與穗香都不知道嗎？師族會議的舉辦地點不會告訴出席者以外的人喔。出席第二天甄選會議的師補十八家眾人，應該一直到今天也只被告知大致的地點，不知道具體來說是使用哪裡的會議室。」

「可是深雪是……」

深雪朝顯露心中意外的穗香嫣然一笑。

穗香的舌頭與喉嚨麻痺了。

「沒人叫我去，所以我甚至不知道會議在哪裡舉行。我並不是不在意會議討論的議題，不過我連大致的區域都不知道，所以想去也去不了吧？」

「說得也是。」

雫代替紅著臉說不出話的穗香贊成深雪的說法。

同一時間，二年E班的教室也發生了類似的騷動。

「咦？達也同學，你怎麼來上學了？」

「美月早。居然問我為什麼，這樣打招呼真誇張啊。」

「咦，那個，這……不好意思。」

達也並未特別感到不悅，但他會這麼說也是當然的。達也同樣是高中生，而且又沒有長期請病假，所以在週一詢問「怎麼來上學了」的人比較不合常理。

不過這一天，將常理遺忘在某處的不只美月一人。

「達也同學，你跑來學校沒問題嗎？」

教室響起窗戶被拉開的聲音後，就聽到艾莉卡劈頭這樣大喊。

「艾莉卡……妳們為什麼都希望我缺席？」

艾莉卡看見達也不高興地蹙著眉，也看見旁邊的美月難為情地低著頭。

「啊……啊哈哈哈哈哈哈……」

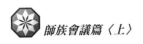

艾莉卡察覺自己的態度或許有點不合常理，便發出完全是想打馬虎眼的假笑。她自己都覺得不可能敷衍過去。

「可是，達也，今天起是師族會議吧？你不去沒關係嗎？」

但是對於艾莉卡來說，幸好刻意踏進地雷陣的不只她一人。

「你們為什麼會想問這種問題？」

達也不是裝傻，而是真的覺得很疑惑地反問雷歐。

「我認為不在意才奇怪喔。」

艾莉卡這麼回答達也，雷歐也頻頻點頭。

這兩人交情也變得很好了……如此心想的達也再度反問。

「所以為什麼？總之，在意的傢伙確實很多的樣子……」

達也說著轉身一看，班上同學就連忙移開目光。

「如果原因在於我是四葉家的人，那你們就誤會了。就算是十師族的血親，也不一定能參加師族會議。比方說，十文字家的代理當家十文字學長當然也會參加師族會議，不過七草學姊應該就不曾一起參加師族會議。」

「……是這樣嗎？」

雷歐一臉掃興的樣子，艾莉卡則反而露出隱約可以認同的表情。

「所以，就算我知道會議舉辦的地點，我也沒興致去。如果在開會時只能雙手空空地枯等，在學校上課還比較有益。」

「可是，你不在意師族會議討論了什麼嗎？」

「會議不准旁聽，所以就算去現場也沒用。而且會議結果也不是全部公開，無從知道議論的過程。」

「唉……結果我們還是只能聽命行事嗎？」

「就是這麼回事。」

如果聊到這裡就結束，應該就只算是單純的閒聊了。

「到頭來，沒實力的雜碎魔法師，還是必須乖乖遵照十師族的決議？真像十師族大人會說的話呢。」

不過在眾人聆聽達也說明的寧靜教室中，響起了音量有點大的這番自言自語。聲音來自達也斜後方。正確來說是美月的斜後方。

「怎樣？有意見嗎？」

艾莉卡以犀利目光瞪向說出這番話的學生——平河千秋。

千秋沒回答艾莉卡的質詢。若光是這樣倒還好，但她還故意轉到反方向。明顯的挑釁使得艾莉卡吊起眼角。

艾莉卡離開窗邊由從門口入內，走向千秋。

「等一下！千葉同學，妳冷靜一點！」

一名男學生連忙擋在艾莉卡面前。

沒屈服於艾莉卡的魄力，為了和平（？）挺身而出的人不是班長，是不知不覺處於這種立場的十三束。「勞碌命」這個詞很適合他。

「十三束同學，可以讓路嗎？我『有話』要對那個女的說。」

「不，這樣不好啦！」

十三束正確理解到艾莉卡「有話要說」的意思，拚命說服她。

不過十三束背後的千秋卻站起身，白費了他的努力。

「怎樣啦，這不是真的嗎？」

「妳說什麼是真的？」

兩名女學生隔著十三束的肩頭互瞪。

「千葉同學，那個，差不多要上課了……」

成為千秋擋箭牌的十三束依然試著調解紛爭。

「還有五分鐘。」

可惜被輕易地駁回了。

「所以平河同學，妳說什麼是真的？」

艾莉卡視線蘊含的魄力，是連一個大男人都會發抖的等級。

實際上，千秋的膝蓋也在發抖。但千秋倔強地回嘴。

「那個傢伙真的是十師族的關係人啊！我說的一點也沒錯吧！」

「啊？達也同學確實是十師族的關係人，不過這又怎樣？就算家長是十師族，孩子也不一定是十師族啊。」

「這是狡辯，是歪理。實際上，那個傢伙不就是四葉家的人，而且還隱瞞身分欺騙了我們不是嗎！」

「在平凡家庭成長的『幸福』小妹妹或許不知道，在魔法師的世界裡，不能冠上父母姓氏的孩子並不稀奇喔。」

千秋一時之間無法反駁。因為艾莉卡所說的是事實，而千秋也了解，這件事在她心中只是個知識。

「為……為什麼……」

「嗯？有話想講，就講清楚怎麼樣？」

艾莉卡瞧不起人的語氣激怒了千秋。憤怒破壞了良知的煞車。

「為什麼千葉同學要為那個傢伙生氣啊！難道妳喜歡那個傢伙是嗎！」

旁觀兩人口角的同學們大多蹙起了眉頭。以這個時代的高中生來說，千秋的論點缺乏格調。講得難聽一點就是「這跟誰喜歡誰無關吧？妳是笨蛋嗎？」的感覺。

「妳是笨蛋嗎？」

而艾莉卡也真的說出這句話。

「我喜歡達也同學？我可沒那麼不知死活。」

不過，聽到艾莉卡這番反駁的二年E班學生們也全體一同感到疑惑。

「要我自願去當深雪的情敵？我可沒有這麼不知天高地厚呀。真的得賭命的戀愛，我可承擔不起。」

這番話光是被深雪聽到，大概就會吃不完兜著走了。即使只是附和也很危險。不過，達也、千秋與十三束以外的（也就是看熱鬧的）二年E班眾人，都非常贊同艾莉卡的說法。

「唉～居然認真跟這種笨蛋吵架，真是蠢斃了。」

艾莉卡說完便快步走向門口。

「達也同學，我回去了。晚點見。」

「嗯，晚點見。」

艾莉卡朝著揮手的達也淺淺一笑，離開二年E班教室。

從結果來看，千秋成功擊退了艾莉卡。

但是，站在原地的千秋卻為受到的恥辱顫抖著。

◇◇◇

師族會議對於高中生來說，可以只是這種如同遊戲的吵架火種，不過對於在此處與會的大人們來說，是毫不遜色於搏命戰鬥的嚴肅戰場。

地點是位於箱根一間頗高級的飯店的出租會議室。在會議即將開始時，眾人接連坐上圓桌的座位。

在皮膚曬成紅銅色的高大身軀上套著寬鬆毛衣，乍看是大海男兒的男性，是一条家當家一条剛毅。他住在金澤，前幾天剛迎接四十二歲生日。表面職業是海洋資源開發公司社長。

挽起頭髮，身穿高雅和服的成熟女性，是二木家當家二木舞衣。住在蘆屋，五十五歲。表面職業是數間化學工業、食品工業公司的大股東。

服裝是運動衫加外套的休閒風格，個頭小而且身材結實的中年男性，是三矢家當家三矢元。住在厚木，五十三歲。表面職業（不太確定是否能這麼形容）是跨國的小型兵器掮客。

身穿酒紅色正式連身裙的美女，是四葉家當家四葉真夜。她怎麼看都只有三十歲出頭，但實際年齡是四十七歲。

容貌端正卻不起眼，有著俗氣白領族外型的男性，是五輪家當家五輪勇海。住在宇和島，四十九歲。表面職業是海運公司的重鎮，且是實質上的老闆。

一頭栗子色直短髮，身穿褲裝的窈窕女性，是六塚家當家六塚溫子。住在仙台，二十九歲。表面職業是地熱發電所挖掘公司的實質老闆。

令人聯想到一九八〇到九〇年代的菁英白領族，有點復古又瀟灑的紳士，是七草家當家七草弘一。住在東京，四十八歲。特徵是那副在室內也不取下的淺色墨鏡。表面職業是經營創業投資事業。

穿西裝不打領帶，似乎上過髮雕的旁分頭男性，是八代家當家八代雷藏。住在福岡，三十一歲。表面職業是大學講師以及數間通訊公司的大股東。

筆挺穿著國外品牌三件式西裝的白髮紳士，是九島家當家九島真言。住在生駒，六十四歲。表面職業是各種軍需產業公司的股東、金主或債權人。

身穿短褂加褲裙的剃髮男性，是十文字家當家十文字和樹。住在東京，四十四歲。表面職業是做國防軍生意的土木建設公司老闆。

以上是目前十師族各家的當家。此外，只有十文字和樹帶著兒子克人與會。

所有當家在圓桌旁就座後，房門關上了。鎖門的是其中最年輕的克人。

「十文字閣下，您的狀況沒問題了嗎？」

首先開口的，是最年長的九島真言。

十師族各家對等，沒有階級關係。飯店準備的圓桌也明顯表現了這個理念。

不過，開會時沒有議長在某些時候不太方便。因此有由當家之中最年長的人負責主持這種不成文規定。

真言之所以先詢問十文字和樹的身體狀況，是因為他最近一直缺席師族會議，並由長男克人代理職務。其實其他當家已經三年沒見到和樹了。

「關於這部分，我要向各位報告一件事。」

和樹在聽到真言這麼說後起身了。師族會議基本上都是坐著發言，因此他這個態度會令人覺得他即將公布重要的事。

「雖然很突然，不過我十文字和樹要於此時此地，將十文字當家的位子讓給兒子克人。想順便請各位擔任見證人。」

有人和旁人相視，有人目不轉睛地注視和樹，當家們的反應各有不同，而共通點是沒人擅自講話。

「這個要求真唐突啊。」

真言代表場中氣氛發言。

「我以前就這麼想了。我原本打算等克人成年，但我這個已經無法派上用場的魔法師一直占據當家寶座，不只是對於十文字家，對於十師族來說也不是好事，所以才做出這個決定。」

「您說『無法使用魔法』的意思是？」

一条剛毅如此詢問。他經常負責為在師族會議中難以啟齒的話題開頭。

「我三年前罹患了魔法力衰退的病，兩年前便已經無法負荷實戰，所以當家的工作實際上都改由克人處理。而我終於在三個月前失去魔法技能了。」

和樹的驚爆發言使眾人譁然。

「魔法力衰退的病？我第一次聽到這種疾病。我知道這樣很冒昧，不過這對於魔法師來說是很嚴重的問題。請問已經知道這種病的詳情了嗎？沒有治療方法嗎？」

七草弘一如此詢問。他在師族會議的發言次數是數一數二的多。

「七草閣下，您無須擔這個心。因為這是我十文字家專有的疾病。」

「貴府專有的疾病？這是千真萬確的嗎？」

「七草閣下。」

弘一想繼續詢問，但真夜委婉勸誡。

「我覺得最好別再問下去了。」

「說得也是。不深究別家的家務事這個規則不只適用於十師族，也廣泛適用於魔法師。如同四葉閣下所說，就到此為止吧？十文字閣下都說別家魔法師不會罹患了，這樣就行了吧？」

二木舞衣附和真夜的意見。她的年紀僅次於九島真言，在師族會議經常負責調停。

「我知道了。十文字閣下，對不起。」

弘一乖乖收回問題。如果只有真夜就算了，他沒理由連面對舞衣都要賭氣。

「不，我不介意。」

和樹如此回應弘一，並以眼神向真夜與舞衣致意。

「所以關於十文字家的繼承，各位意下如何？」

和樹再度詢問。

「我認為用不著我們見證，十文字家的事情由十文字家決定就好……總之我不介意。我很樂意成為克人閣下繼承當家的證人。」

「我也不介意，反而感到光榮呢。我樂意成為證人。」

真夜說完，六塚溫子也接著這麼說。溫子仰慕真夜，在議論沒達成共識時，經常站在真夜那邊。四葉分家之一的新發田家長男——勝成之所以就讀仙台的第五高中，也和溫子崇拜真夜脫不了關係。

「我也不打算插嘴管別家的當家繼承，請容我祝賀克人閣下接任當家。雖然和樹閣下引退一事說來遺憾，但和樹閣下至今為魔法界盡心盡力，辛苦您了。」

弘一積極表明支持。大概是因為剛才那件事，讓他更覺得必須這樣吧。

真夜與弘一一致接受和樹的要求，其餘當家們也接連祝賀克人及慰勞和樹。

「那麼克人閣下，請以十文字家新當家的身分就座吧。」

真言在最後如此催促後，十文字家的世代交替便正式受到承認了。

克人送和樹離開會議室之後，就坐上了十文字家當家的座位。師族會議至此重新開始。

「那麼，一条閣下。」

「北陸、山陰方面沒有可疑的動靜，也沒發現新蘇聯或大亞聯盟企圖入侵的徵兆。」

在真言催促之下，剛毅開口說明反政府活動與侵略行為的監視狀況。

「六塚閣下。」

「東北方面也沒發現異常。」

「二木閣下。」

「阪神方面一如往常。我差不多開始覺得礙眼了，想一鼓作氣地肅清。」

「……二木閣下，請自重。五輪閣下。」

「四國方面沒有明顯的動靜。」

「八代閣下。」

「雖然沒阪神方面嚴重，但北九州地區也一如往常。」

「這樣啊。請提高警覺。」

這是在回報各家負責區域的動向。在北海道、小笠原方面與沖繩方面，國防軍旗下的魔法師具備強烈的地盤意識，連十師族也無法輕易介入，除此之外的區域則由十師族分工負責。北陸、山陰是一条家；東北是六塚家；阪神、中國是二木家；四國是五輪家；不含沖繩的九州是八代家；京都、奈良、滋賀、紀伊方面是九島家負責。三矢家則是和「三」的其他各家合作，運用至今依然活躍的第三研來提供各方面的知識給國防軍魔法師。

七草家與十文字家負責包含伊豆的關東地區，四葉家則是監視無人負責的東海與岐阜、長野地區。

「七草閣下。」

「關東地區的反魔法師活動開始活絡起來了。雖然沒有激烈到必須介入，但我認為遲早得進行處理。此外，橫須賀方面出現了可疑動靜，或許有破壞員企圖入侵。」

「十文字閣下的想法也一樣嗎？」

「關於反魔法師活動，我們十文字家的評估和七草閣下相同。關於破壞員，說來遺憾，本家沒有掌握情報。」

「嗯。關於所謂的人類主義者，晚點再詳細討論吧。那麼，四葉閣下。」

「雖然沒關東方面嚴重，但是在東海方面，人類主義者的滲透程度也更加深了。此外，七草閣下、十文字閣下。」

「四葉閣下，什麼事？」

聽到真夜搭話的弘一笑著回應。這張笑容隱約摻雜著社交性以外的要素。弘一只有面對真夜時會出現情緒上的動搖。

「伊豆方面有可疑的動靜。我提議強化監視體系。」

至於真夜，她則是從未對弘一投過來的視線感興趣，總是回以無所謂的眼神。現在也一樣。真夜只有冷漠朝弘一一瞥，之後就只帶著不知道在看哪裡的眼神，以制式化的語氣回應。

「知道了。方便告訴我們具體來說是怎樣的動靜嗎？」

克人以沉穩聲音發言。在長輩圍繞的這個狀況下，他完全沒有畏縮的樣子。

「好的。上週一艘走北美航路抵達橫須賀港的小型貨船，現在停靠在沼津港。USNA大使館名下的遊艇正在觀察這艘貨船。目前大使館的遊艇消失蹤影，但似乎還在監視貨船。」

「四葉閣下，知道遊艇的下落嗎？」

弘一再度詢問真夜。

「不知道。大概在公海吧。」

真夜的回應聽起來不負責任，但這原本是應該由弘一調查的事件。十文字家的性質傾向於在出事時擔綱實戰，即使同樣監護關東、伊豆地區，調查也是七草家應該負責的領域。

「那麼，這部分由本家調查吧。現在處於反魔法師運動活絡的情勢當中，那艘貨船說不定是載運人類主義恐怖分子的船，而ＵＳＮＡ或許也正在緝捕它。沼津是四葉閣下負責的地區，不過船當初是從橫須賀入港，所以這方面也由本家接手吧。」

當然也理解這一點的弘一妥善總結這件事。

「好的，拜託您了。」

真夜點頭回應之後，眾人便不再討論黑顧的船與卡諾普斯的遊艇。

例行報告到一個段落時，會議室的氣氛變了。

「九島閣下，我想借這個場合講一件事。」

不知道是否該說「果然」，感覺會掀起波瀾的這番發言正是來自弘一。

「七草閣下，請說。」

真言以強忍嘆息般的表情，催促他說下去。

「那麼，容我使用一些時間。」

弘一講完開場白，便看向真夜。

六塚溫子與八代雷藏身上散發出「又來了？」的氣息。弘一（保持紳士態度）槓上真夜的光景，在師族會議堪稱司空見慣。

「四葉閣下，恭喜您決定了下任當家。」

「謝謝。」

弘一與真夜臉上都掛著客套的笑容。面帶笑容的弘一眼露挑釁目光，真夜則以冰冷的眼神回應。兩人不知為何都已經進入備戰態勢。

「不過，我無法接受下任當家與令郎的婚約。」

「為什麼？我認為結婚這種私事不需要得到師族會議的認可，難道不是嗎？」

旁人還沒插嘴贊同，弘一就反駁真夜。

「如果只是普通的婚姻，我也不會這麼說。但如果可能會損失寶貴的魔法師天分，就另當別論了。」

弘一與真夜以外的成員視線投向一条剛毅。

剛毅彎下嘴角，雙手抱胸。看他的表情，就覺得似乎聽得見「居然在這種地方出招……」的心聲。

「近親結婚會對魔法師資質造成什麼樣的影響，是從以前就持續研究，卻還沒得出結論的主題。某些研究員說無害，也有研究員說反而有益。不過，既然可以預期基因異常造成的風險，那麼就應該避免血緣關係太近的婚姻。實際上在含數家系之間，連法律認可的表兄妹婚姻也是傾向於避免。」

九島真言在桌面上交握雙手，閉上雙眼。就旁人看來，他就像是在沉思。

「只是傾向，並沒有禁止吧？也有實際的例子喔。」

以不耐煩的語調反駁弘一的人，不是真夜。

「是的。就如八代閣下所說，即使只看二十八家，也有表姊弟結為連理的人。不過在那個例子中，雙方的父親是同父異母的兄弟。這次四葉閣下的例子不能相提並論。」

「只是並非表兄妹，從表兄妹結婚或是女性嫁給親叔伯的例子比較常見喔。即使血緣甚遠，要是同門家系代代都是自己人結婚生子，風險也會變得和近親結婚相同吧？」

這次是六塚溫子對弘一的主張提出異議。

「風險不可能降為零。六塚閣下，一切都是程度的問題喔。」

不過，溫子的辯才沒能讓弘一畏縮。

「我之所以擔憂四葉家下任當家的婚約，是因為雙方母親是同卵雙胞胎姊妹，彼此的血緣極度相近。換言之，這在基因層面上等於是同母異父的兄妹結婚，不是嗎？」

溫子沉默了。只要無視於弘一肯定抱持著的情感背景，這個論點就具備說服力。

「法律承認表兄妹結婚。不過，如果是實質上是同母異父的兄妹結婚，也算是鑽法律漏洞的行為。」

「七草閣下，我認為這樣講太過火了。」

「鑽法律漏洞」這個偏激的說法，引來二木舞衣委婉制止。但舞衣看起來不像是反對弘一的主張。

「抱歉，我確實說得太重了。四葉閣下，請原諒。」

真夜無視於弘一的道歉。

「所以，七草閣下到頭來究竟是想說什麼？」

她無視之後，便開門見山地詢問弘一的要求。

弘一也不再說得滔滔不絕，改為注視隔著五輪勇海與六塚溫子的真夜的側臉。

「我想說的事非常單純。我認為，四葉家下任當家司波深雪小姐和司波達也先生的婚約，應該取消。」

真夜轉頭看向弘一。

真夜與弘一的視線交會。

弘一淺色墨鏡底下那僅存的左眼中掠過一絲情感。不知道是喜悅，還是憎恨。

「抱歉，我方便插嘴嗎？」

一条剛毅朝兩人之間更加緊張的氣氛潑了一桶冷水。

「四葉閣下，本家還沒收到貴府的回覆。那件事也算和七草閣下剛才提的事情有關。方便借這個場合請教您的想法嗎？」

「是貴府的將輝先生申請和本家深雪訂婚的事嗎？」

「是的。」

真夜看著剛毅的臉轉回正前方，慵懶地嘆了氣。

「將輝先生不是一条家下任當家嗎？相對的，深雪也預定是本家的下任當家。先不提對已決定未婚夫的人另外提親的做法多麼沒常識，說起來，我認為這門婚事本身根本無法成立。」

真夜以（假裝）明顯不高興的冰冷語氣回應剛毅。

「我為我的失禮道歉。但我也是很正經地提出請求。絕對不是抱著半開玩笑或是惡整的心態提親。」

「正經？要求別人交出已經訂婚的女孩哪裡正經了？」

「小犬是真的希望和深雪小姐結為連理。若您願意接受這門婚事的話，我打算把將輝送進四葉家。」

圓桌上一陣譁然。別名「染血王子」的一条將輝年僅十三歲就在實戰展現實力，在二〇九五年的橫濱事變也大顯與他名號相符的身手，現在年僅十七歲的他也已是聲名遠播的一流戰鬥魔法師，是十師族的優秀下一代。

可是剛毅卻表示送走這個繼承人也無妨。利益的天秤無論怎麼看，都是大幅朝四葉家傾斜。

即使是真夜，聽到剛毅如此要求，也不得不承認「不是惡整」這個說法毋庸置疑。

「這樣啊。但我還是無法接受這個要求。」

儘管真夜臉上的不悅消失，卻不改冷漠態度。

「……方便請教理由嗎？」

「身為父親的一条閣下想實現孩子的心願，這我可以理解。但既然一条閣下以父親身分為令郎的心意著想，我也想以姨母的身分尊重姪女的心意。」

「深雪小姐的心意嗎？」

「是的。姪女深雪喜歡小犬達也，而達也似乎也不討厭深雪。我想尊重兩人的心意。」

二木舞衣與六塚溫子皆深深點頭，同意真夜說的這番話。這種事果然還是女性比較容易有共鳴吧。

「無法撼動深雪小姐的心意嗎？不能也給將輝一個機會嗎？」

「機會？」

「深雪小姐應該幾乎不知道將輝這個人。」

「將輝先生也一樣吧？除了容貌，令郎應該也幾乎不知道深雪的為人。」

真夜暗指「將輝應該只是被外表吸引」，使得剛毅一時心虛。但他無法否定這一點，只好豁出去地說：

「所以，我希望能給他一個交往的機會。如果兩人熟悉彼此之後，將輝依然沒有獲選，本家也會死心。」

「一条閣下……您有自覺到您從剛才開始就講著對本家、深雪與達也很沒禮貌的話嗎？尤其是對我兒子達也。依照一条閣下的說法，只能解釋為您覺得達也不如將輝先生。」

剛毅語塞了。他沒這個意思，卻發現剛才的發言確實可能偏袒兒子。

真夜講得這麼衝，負責調停的舞衣也未出言勸誡。這表示幾乎各當家都判斷錯在剛毅。

不這麼認為的弘一再度提出自己的主張。

「不過，如果暫時將戀愛情感放在一旁來進行客觀判斷，我認為將輝先生與深雪小姐是門當戶對。最重要的是可以避免近親結婚的弊端。」

「七草閣下……您的意思是不用理會當事人深雪小姐的想法？」

至今只當聽眾的三矢元以極為不悅的語氣勸誡弘一。

但是弘一沒讓步。

「扼殺自己的情感，就某種程度來說也是必要的。尤其是將要成為十師族當家的人。各位不也是如此嗎？」

無人反駁。在場的人都知道，弘一自己就是這樣走過來的。

「何況深雪小姐還年輕。要是實際和將輝先生交往，或許會改變心意。」

「說得也是……男女是否相配，某些部分必須實際交往才知道。」

這時首度有人支持弘一。如此發言的是五輪勇海。

不過，對勇海這番話最感意外的大概是弘一吧。雖然沒有顯露於表情上，不過弘一內心對此感到相當疑惑。

「我也是覺得能成為良緣，才會提議本家長男與七草閣下長女的婚事……不過真由美小姐和洋史的個性似乎合不來，結果還是沒有順利撮合。」

正如勇海所說，五輪家和七草家的婚事在本屆師族會議即將開始之前破局了。

「七草閣下說，一条家的將輝先生和四葉家的深雪小姐訂婚是一段好姻緣，這個主張也是有道理。兩人結婚應該會為日本魔法界帶來更進一步的發展吧。畢竟一条閣下願意讓將輝先生入贅到四葉家，我認為這對四葉閣下來說也不是壞事。」

勇海的支持使得風向開始改變。這一瞬間，弘一與剛毅確實是順風而行。

不過，這陣風卻在眨眼間被阻斷。

「五輪閣下，本家沒想過要從深雪的婚姻中獲利。」

勇海尷尬地低頭看向下方。真夜斷然拒絕，使他察覺自己的說法，是試圖以當前的利益得失誘導議題。

「深雪確實還年輕，我不會說她絕對不可能改變心意。不過既然您這麼說，那麼將輝先生就

該以自己的努力打動深雪的芳心。如果將輝先生展現的器量，足以從未婚夫達也手中搶走深雪，我也不會束縛深雪。雖然四葉家不能把深雪送給別人家，但是可以讓出深雪丈夫的位子。」

「那麼，您的意思是不取消婚約？」

「所以相對的，您不介意將輝先生追求深雪小姐？」

真言與舞衣確認真夜的意願。

「兩位這樣的理解沒問題。請容我刻意強調，深雪與達也的婚姻原本就具備國家法律認可的正當性，並非一定要接受異議的狀況吧？」

舞衣點頭回應真夜這番話。

「確實就如四葉閣下所說，近親結婚確實有風險。但七草閣下的主張，超過了師族會議能決定的範圍。」

舞衣的視線從圓桌對面的弘一移向自己身旁的剛毅。

「一条閣下，這樣可以吧？四葉閣下說她答應令郎追求有婚約在身的深雪小姐。接下來就沒有家長出面的餘地了。」

「……知道了。我會這樣告知小犬。」

「我也接受。」

剛毅與弘一收起矛頭。

「話說回來，即使訂婚也接受他人追求這點，同樣適用在達也先生身上嗎？」

不過，弘一似乎生性沒辦法無條件舉白旗投降。

在真夜與舞衣的視線之下，弘一掛著笑容補充說明。

「如同五輪閣下剛才所說，五輪家的洋史先生和本家真由美的婚事破局了。如果進展順利，希望達也先生可以娶真由美。」

昔日九島烈因為其魔法技術而被稱為「詭術士」，弘一或許天生具備詭術士的氣質。

弘一造成的烏煙瘴氣令眾人面露疲態，因此師族會議暫時進入休息時間。

會議在休息十分鐘後繼續進行，而且才剛開始沒多久就輪到真夜劈頭引爆一顆炸彈。

不是弘一剛才提出的原則論那種不明確的東西。是特大號的醜聞。

「各位，我想提出一件事。」

「喔，四葉閣下難得主動提議。究竟是什麼事呢？」

在真言催促之下，真夜朝弘一投以微笑。

真夜與弘一以外的十師族當家背脊發寒。即使是不常看到兩人起爭執的克人也一樣。

真夜豔麗的朱唇緩緩張開。

「各位知道周公瑾這名青年嗎？」

真夜說出這句話的瞬間，真言便僵直了身體。弘一沒有任何反應，但他毫無反應的樣子等於承認自己心裡有數。

「您說周公瑾……是嗎……？」

「四葉閣下，您說的不是因為三國誌而聞名的吳國周瑜吧？」

六塚溫子與八代雷藏問完，真夜便不改笑容地搖了搖頭。

「是以橫濱中華街為據點，大陸出身的古式魔法師。記得叫道士對吧，九島閣下？」

「啊……對。大陸的古式魔法師大多會被這樣稱呼。」

真言全力壓抑著自己的身體，以免發起抖來。

「九島閣下，您怎麼了？氣色似乎不太好呢。」

「不，六塚閣下，我沒事。」

溫子對真言的可疑態度感到納悶，同時再度面向真夜。

「所以，名為周公瑾的這個人怎麼了？」

「反魔法國際政治團體『Blanche』、香港國際犯罪組織『無頭龍』、引發橫濱事變的大亞聯軍破壞工作部隊，還有以東京為中心鬧出吸血鬼事件驚動世間的『寄生物』。這個人是安排、支援上述勢力，為我國帶來混亂的幕後黑手，應該說他曾經是幕後黑手在日本的代理人。」

會議室充滿喧嚷氣氛。

他們並不是真的發出了喧嚷聲。這間會議室只有十人，這個話題也沒有輕鬆到眾人會擅自和旁人討論。

即使如此，真夜這番話造成的震撼，也足以奪走十師族當家們的冷靜。

「四葉閣下。」

真夜對面的雷藏微微舉手。看來是不經意做出了他在大學的習慣動作。

「您剛才說『曾經』，意思是已經『處理掉』周公瑾了嗎？還是他逃亡到國外了？」

「去年十月，達也在一条將輝先生與九島光宣先生的協助下解決了周公瑾。」

真言面露意外。將輝有向剛毅回報這件事，但真言沒聽光宣說過。

只不過，其他當家也沒有察覺到他的表情變化。因為所有人的目光集中都在真夜身上，除了弘一、剛毅與真言，當家們都一臉佩服地點頭回應。

「您說的光宣先生，是九島閣下的么子吧？」

聽到一旁的雷藏如此詢問，真言好不容易才露出客套笑容點頭。

「一条家的將輝先生、四葉家的達也先生、九島家的光宣先生……真是可靠的新世代。」

三矢元讚不絕口。

「的確。培育出優秀的下一代，真令人欣慰至極。我想日本魔法界將來高枕無憂了。」

二木舞衣也同意。

「從我或十文字閣下來看，他們不是新世代，而是後輩。不過確實很可靠。」

六塚溫子的說法引得年長者們笑了。

不過，真夜的話語立刻消除了這股和諧的氣氛。

「七草閣下，您曾經和周公瑾共謀吧？」

圓桌安靜無聲。

「……四葉閣下，您是基於確切的根據而這麼說嗎？」

五輪勇海擠出沙啞的聲音。

弘一還沒有表態。

「七草閣下，我這邊調查過了，您曾派屬下名倉三郎先生和周公瑾聯絡，於去年四月間接唆使民權黨的神田議員煽動反魔法師運動。您要反駁嗎？」

弘一緩緩開口。

「四葉閣下，我也想詢問您的根據。」

弘一與真夜冷冷地互瞪。

「我可以發言嗎？」

在劍拔弩張的氣氛中，最年少的克人出聲說道。

克人無視於集中在自己身上的視線，以沉穩的語氣作證。

「七草閣下煽動反魔法師運動是事實。我聽七草閣下親口說過。」

朝向克人的視線移向弘一。

「七草閣下，您要辯解嗎？」

滬子犀利地質詢弘一。

弘一輕輕露出從容的笑容。

「十文字閣下說的是事實。四葉閣下說的也大致無誤。不過順序上似乎有所誤會呢。」

「順序？什麼順序？」

剛毅不屑地扔下這句話，但弘一沒收起笑容。

「我派部下接觸周公瑾，是在第一高中的恆星爐實驗導致反魔法師運動沉靜之後。喔，對，這麼說來，那也是四葉家的達也先生的功勞。羅瑟分公司社長對那個實驗評價很高，使得世間風潮為之一變。真是優秀的下一代。」

「所以這又怎麼了？」

剛毅不耐煩地逼問弘一。

弘一沒有繼續以短話長說激怒剛毅。

「我和周公瑾聯絡，是為了阻止他炒作媒體和所有魔法師作對。交涉當然需要籌碼，但我沒有付出不利於日本魔法界的代價。」

「喔，說得也是。您是在反魔法師運動興起之後，才和周公瑾聯手。」

真夜很乾脆地認同弘一的主張。

「不過，周公瑾在這之前就已對我國不利，是毋庸置疑的事實吧？我認為身為十師族，不應該和這種人聯手。各位不這麼認為嗎？」

真夜之所以老神在在，在於這才是問題。

「是的。」

一条剛毅簡短地贊同。

「四葉閣下說得對。」

六塚溫子說。

「很遺憾，正是如此。」

八代雷藏說。

「七草閣下，我當時也建議過您應該收手。」

十文字克人說。

「七草閣下應該也有自己的想法吧，但……」

五輪勇海說。

「我無法為七草閣下辯護。」

三矢元說。

「七草閣下，無論是基於何種意圖，也不該跨越某些界線，不該和某些對象聯手。」

二木舞衣說。這些人都支持真夜。

弘一如今是掛著笑容陷入絕境。

剛毅、溫子、雷藏、克人、勇海、元、舞衣的目光，朝向還沒表態的九島真言。

不過，舞衣對弘一說的那番話也可以套用在真言身上。雖然內情和弘一不同，但真言也曾和周公瑾掛鉤過。

真言的苦惱被敲門聲打斷。

「方便讓我進來嗎？」

從照理說有隔音的門另一頭傳來的聲音，是所有人都熟悉的老者聲音。

位子最靠近門的克人起身，環視眾人。

某些人點頭，卻沒人搖頭。

克人走到門口，打開剛才被敲響的門。

站在門後的，是應該早已退休的九島烈。

「宗師，久違了。話說您今天有何貴幹？」

舞衣鄭重迎接烈。克人邀烈坐在他的座位，但烈笑著搖手。

「抱歉，我聽了剛才的討論。」

烈突然切入正題。

沒人問他怎麼做到的。師族會議的發言規定要對外保密，然而不只是九島家，開會過程總會以各種手段外洩。

「各位責備弘一是理所當然，不過請稍後再追究責任。」

烈不以「七草閣下」，而是以名字稱呼弘一。這麼做代表他不是以師族會議前成員的身分，是以日本魔法界長老的身分——一個如今已毫無權限的老翁身分發言。

「關於煽動反魔法師運動，弘一也找我商量過，而且我沒阻止弘一。」

圓桌周圍的視線四處交會。除了真夜、弘一與真言，剛毅、舞衣、元、勇海、溫子、雷藏與克人都猜不出烈真正的用意。不，連真言也不知道父親真正的用意。只有真夜與弘一察覺了烈的想法。

「而且，我們九島家也和周公瑾來往過。弘一即使和周公瑾聯手，也只是討論陰謀，並未具體展開行動，但我想利用寄生物開發無人魔法兵器時，卻使用了周公瑾提供的技術，想將無辜的年輕人當成白老鼠。要不是真夜的兒子阻止，或許早已演變成無法挽回的事態了。」

真夜面帶微笑地點頭回應烈投過來的視線。她原本想要徹底打垮弘一，卻沒有非常堅持。既然烈要袒護弘一，她就不會白白糟蹋這段師徒之情。

「相較於我做過的事，弘一的行徑只不過是在玩陰謀遊戲。」

「可是，宗師……」

剛毅說到一半，就被烈以目光制止。

「九島家退出十師族。這件事就此結案好嗎？」

「前任當家……」

真言愕然地仰望父親的臉。

烈以正如其名的剛烈視線看向兒子。

「真言，你直接給了周公瑾方便，你也有罪。周公瑾派來的道士，為四葉閣下的兒子和一条家的兒子都添了麻煩。這件事原本不應該由我，而是由你說出來才對。」

「前任當家……父親大人！」

「真言，我對你很失望。」

「宗師，就到此為止吧。」

安撫烈的是真夜。

「要是九島家負起全責，四葉家就不會繼續追究。只要七草閣下以今後的貢獻為這次的汙點贖罪就好。」

烈不只是基於師徒之情而袒護弘一。真要說交情，真言可是他的親兒子。

現在，日本實力最強的魔法師集團不是國防軍的魔法師部隊，是四葉家以及七草家。四葉家與七草家是日本魔法界的雙璧。七草家被十師族除名，是不令人樂見的結果。以十師族為頂點的日本魔法界為了維持秩序，必須將七草家留在十師族。

九島烈之所以會袒護弘一，是要維持自己成立的十師族體制。對真夜來說，要看透他的想法並非難事。

「既然四葉閣下這麼說……」

「要是七草家現在脫離十師族，留下的空洞確實太大了。」

溫子與雷藏接連贊同真夜——不過看向弘一的眼神依然冷漠。

其他人也沒有出言反對。

弘一以毫無笑容，如同面具的表情看著這段過程。

真夜看向弘一，輕聲一笑。

「真言，我們走。」

在烈的命令之下，真言緩緩離開十師族的位子。

「打擾各位了。」

烈簡單以目光致意，離開會議室。

真言則垂頭喪氣地跟在他身後。

門發出關上的聲響。

「那……那麼……」

令靜止的時間再度流動的，是五輪勇海有點焦急的聲音。

「得決定替代九島家的十師族才行。」

「明天是甄選會議，到時候再決定就好了吧？」

三矢元出言反對。

「十師族出現空缺時，就得由師族會議選出成員遞補，以完成其應負的責任到下次的甄選會議為止。即使只有一天，也不應該讓十師族維持缺額吧。」

取代真言成為在場輩分最高的二木舞衣支持勇海的提議。

「也對。那要選誰？要由哪一位遞補？」

剛毅一臉無奈地詢問由誰遞補。

「那麼……」

所有人看向開口的真夜。

「七寶閣下如何？當家的拓巳閣下深謀遠慮，雖然旗下魔法師少，財力卻頗為雄厚。」

剛毅、克人與勇海觀察著弘一的表情。七草家與七寶家的恩怨連其他家都知道，但弘一毫無任何反應。

「七寶閣下嗎……還有其他推薦的人選嗎？」

沒有任何當家回答舞衣的問題。

「那麼，十師族的新成員，就決定是七寶閣下了。雖然是只有一天的成員，但立刻通知七寶閣下吧。」

「那麼，就由我來通知。」

克人舉起手，準備離開會議室打電話。

「十文字閣下，請留步。」

舞衣對背向大家的他說。

「休息一下吧。我們三十分鐘之後再繼續開會，可以嗎？」

沒人反對舞衣的提議。

◇　◇　◇

隔天，二月五日星期二。

來到學校的達也剛進入二年E班教室，就遇到七寶琢磨來訪。

「七寶，怎麼了？」

達也還沒回應，琢磨在社團聯盟的學長十三束就先疑惑地詢問道。

「沒有啦，那個……我來向司波學長道謝。」

琢磨不太自在地如此回答。

不過，也是可以理解琢磨為何覺得不自在。全校都知道他在四月連續鬧出了決鬥騷動的叛逆舉動。

後來琢磨改頭換面的程度不只是一年級，連在高年級之間也廣為所知，不過琢磨頻頻冒犯達也的事實依然沒有從學生們的記憶中消失。這樣的琢磨光是來拜訪達也就會引來好奇目光。

不只如此，艾莉卡與雷歐還對他投以壞心的視線。今天幹比古也有來到二年E班教室，而他的目光也和艾莉卡跟雷歐一樣不太友善。

「向我道謝？我不記得做了什麼啊。」

唯一的救贖應該是達也完全不記恨吧。達也在九校戰看過琢磨的努力之後，反而很欣賞他能夠重新振作。

「那個……我聽說四葉閣下推薦我們家遞補十師族的空缺……」

「抱歉，我還是聽你說才知道這件事。」

達也不是裝傻，是真的首度耳聞。而且，需要遞補就代表某家辭退了十師族的寶座。達也有點無法想像究竟是多麼嚴重的事件使然。

「那個……因為是遞補，所以地位也只到今天……但我還是很高興。謝謝學長！」

大概是覺得難為情吧，琢磨在道謝之後，便一溜煙地回到自己的教室。

其實達也也從各方面察覺了琢磨執著於十師族地位這一點。

不過，這件事能讓人高興成那樣嗎？

達也重新體認到，每個人的價值觀各有不同。

◇　◇　◇

今天是四年一次的十師族甄選會議。不只是坐在圓桌周圍的十師族，師補十八家的當家們也齊聚一堂，圍坐在外圈。除了九島家以外，無人缺席。

「那麼，現在開始進行十師族甄選會議。」

二木舞衣宣布之後，所有人起立。

「首先依照慣例，對於現任十師族成員有異議的人請繼續站著，沒異議的人請在一分鐘之內就座。」

這是甄選會議獨特的第一輪投票。只要有一個人站著，就會發投票券進行記名投票。投票方式是在票券寫下最適合擔任十師族的十家投入票匭，在三名十師族以及三名師補十八家共六人的監票之下立刻開票，並依照得票順序決定下一屆的十師族。

不過這是記名投票。十師族的甄選標準，是當前在二十八家之中實力最強的家系。不過實力基準不只是魔法力，也要考量為國家貢獻的能力。

就算投票給不適任的家系，也不會像以前那樣被剝奪數字。不過接下來四年將會背負「沒眼光」的汙名，算是相當嚴重的懲罰。

舞衣說完，圍坐圓桌的十人首先坐下。

站在外圈的師補十八家當家們，也接連坐回自己的椅子上。

秒針轉了一八〇度的時候，發生了令人意外的事。

九鬼家與九頭見家的當家坐下了。

眾人預料他們會推舉昨天被除名的九島家進入十師族，所以這個行動震撼了企圖投票的師補十八家其他當家。

還站著的當家們轉頭相視。

就如同牙齒脫落般，一人接著一人坐下。

經過五十秒時，已經沒人站著了。

秒針走完一圈後，二木舞衣再度起身。

「那麼，接下來這四年就由一条家、二木家、三矢家、四葉家、五輪家、六塚家、七草家、七寶家、八代家、十文字家擔任十師族。請各位多多協助。」

圓桌周遭的另外九人也起身，與舞衣一齊背對圓桌行禮致意。

圍著新十師族的師補十八家當家們對此報以掌聲。

依照慣例，十師族甄選完畢之後，師補十八家就會離席，只由十師族討論新的體制。不過舞衣叫住了想離席的九鬼與九頭見兩家當家。

「九鬼閣下、九頭見閣下，請留步。」

「二木閣下？」

「什麼事？」

「有事想拜託兩位，方便借點時間嗎？」

九鬼與九頭見的當家點頭同意。師補十八家其他當家全部離席後，留在會議室的就只剩下十師族以及「九」的兩家，共十二人。

「我的請求是……」

「二木閣下，由我說吧。」

剛加入十師族的七寶拓巳打斷舞衣的話語。

「九鬼閣下、九頭見閣下，本家七寶家榮幸成為十師族新的一員，不過老實說，本家人手相當不足。原本本家應該搬遷住所，代替九島閣下監視京都地區，但是以本家的現狀來說實在無法勝任。」

「既然這樣，請二木閣下與四葉閣下幫忙就好了吧？而且說到京都，一条閣下也有負責部分區域喔。」

拓巳笑著搖頭回應九鬼家女當家的提議。

「這也是一個方法，不過我個人希望繼續由九島家管理京滋、紀伊半島方面。七寶家當然也不打算只提出要求。本家力有不足的部分，可以請『九』的各位提供協助嗎？」

九鬼與九頭見當家睜大雙眼，接著嘴角便立刻綻放笑容。

「知道了。」

「我找真言大人商量之後，一定會給您好消息。」

「麻煩兩位了。」

拓巳深深行禮，九鬼與九頭見當家也不服輸地恭敬低頭致意。

九鬼家、九頭見家離開之後，會議室的氣氛也「稍微」放鬆了些。

「那麼，繼續進行師族會議吧。」

「要討論人類主義者的對策是吧？」

元如此解釋舞衣這句話。

「不，在那之前，我想先詢問伊豆那艘可疑船隻的後續動向。」

剛毅在這時候提出異議。

「一条閣下……事情才過了一天耶。」

勇海傻眼地勸誡他。

「如果那是恐怖分子的船，對方不一定會等我們慢慢來。」

但剛毅沒讓步。

「五輪閣下，沒關係的。」

經過一個晚上後便恢復以往步調的弘一回應這句話。

「那麼，就麻煩您告訴我吧。」

弘一變回往常的模樣了，但剛毅似乎不想像往常那樣和他打交道。對於剛毅這樣的人來說，和敵人串通就是如此難以原諒的行為。

「四葉閣下提到的貨船中，沒有魔法師的反應。船內也沒留下武器彈藥。」

「船內沒有？」

「意思是炸藥可能運走了。該船也可能留作逃走用途，所以我們會繼續監視。」

「那ＵＳＮＡ的動向如何？」

這次是克人代替剛毅詢問弘一。

「雖然發現了當地幹員……也就是投奔ＵＳＮＡ的傢伙，但他沒什麼大不了的能耐。我實在不認為ＵＳＮＡ本國會將任務交付給他。」

「也就是說……真正的獵人躲起來了？」

「我們發現四葉閣下說的遊艇位於領海以外，獵人或許出乎意料地就躲在那艘船上。」

弘一回答之後，勇海便露出思索的表情。

「如果在海上，要不要由我稍微試探看看？只要偽裝成自然災害，即使對方是無關人士，我們也有藉口脫罪。」

「比起ＵＳＮＡ的獵人，可能入侵國內的恐怖分子才是問題吧？」

溫子反對勇海的提議。

「確實如此。雖然無法證實恐怖分子存在，但同時也無法證實恐怖分子不存在。最糟的是我們不知道對方躲在哪裡。」

雷藏支持溫子的意見。

「對方的目標或許出乎意料的就是這場師族會議喔。」

一切完全是巧合才對。

不過，事實上——

雷藏剛說完，強烈的聲響與振動就襲擊了會議室。

◇　◇　◇

西元二〇九七年二月五日星期二，上午十點三十三分。

這時的第一高中正處於第二與第三堂課中間的下課時間。

下一堂是實習課。達也移動到實習教室的途中，懷裡響起了緊急訊號的聲音。

達也取出終端機確認訊息後，非常罕見地變了臉色。

「抱歉，我先走了！」

達也扔下同行的美月以及同班同學，跑向實習室。

達也得到指導教師珍妮佛．史密斯的許可早退之後，在來到通往校門的綠色大道時，遇見了深雪。

「哥哥也收到緊急通訊了嗎？」

深雪以完全失去血色的表情簡短詢問達也。

「快走吧。」

達也以更短的話語回答。

深雪點頭後想要加快腳步，不過後方傳來的聲音卻讓她停下了雙腳。

從一科生校舍門口現身的是水波、和她同班的七草香澄、香澄的妹妹泉美，以及七寶琢磨。

所有人都是十師族相關人員，且除了水波以外都是十師族的血親。

「深雪學姊！」

泉美跑向深雪。

「泉美也收到了？」

「這果然不是誤報吧？」

深雪朝泉美點頭。

泉美開始發抖。

「我們要去看看狀況，你們呢？」

達也從間隔一步的位置詢問一年級的眾人。

「我也去！」

琢磨立刻回應。

「我們也去吧！」

香澄牽起發抖的妹妹。

水波走到深雪身邊，以便隨時架設護盾。

六人由達也帶頭，快步前往車站。

◇　◇　◇

同一時間的第三高中。

「將輝，怎麼了？」

將輝衝出教室到學務室申請早退，而吉祥寺上氣不接下氣地追上他後便這麼大聲詢問。

「老爸遭到襲擊了！」

將輝連轉身的工夫都省了，直接如此回答。

「襲擊？可是，現在不是在開師族會議嗎……」

「所以說，就是師族會議會場遭到自爆恐怖攻擊了！」

「你說什麼！」

吉祥寺啞口無言，此時將輝才終於轉頭看他。

「光靠緊急通訊不知道狀況怎麼樣了，只知道老爸還活著。我搭直升機去現場，茜他們就交

「唔……嗯，知道了！將輝，小心點！」

「嗯，我知道！」

將輝不是朝自家，而是朝公司的直升機停機坪飛躍而去。

◇　◇　◇

同一時間的魔法大學。

「七草同學，怎麼了？」

女講師對在專題討論時突然起身的真由美如此詢問。

「老師，不好意思，方便私下和您講幾句話嗎？」

真由美露出尷尬表情，以不至於算慌張的迅速步伐走向講師。

她悄悄將手上情報終端機的畫面給講師看。

真由美在女講師差點發出聲音時以手勢制止，並將嘴湊到她的耳際。

「我想我家裡的人應該很擔憂。哥哥他們大概前往現場了，所以我想回家安撫大家。」

講師一臉嚴肅地點頭。

為了避免教室裡的學生們感覺不對勁，真由美掛著略為愧疚的微笑，告知她要早退回家處理事情。

◇ ◇ ◇

爆炸地點就在會議室門外。門被炸飛，鮮紅的火焰舔舐牆壁。

不過火焰立刻就熄滅了。

「十文字閣下，做得漂亮。」

師族會議的成員都毫髮無傷。熱能與衝擊都被克人的反物質護壁完全隔絕了。

「六塚閣下才是了不起。」

滅火的是六塚溫子的熱量控制。對於操縱熱量的「六」之魔法師來說，要熄滅這種連鋼筋都無法燒融的火焰是易如反掌。

「到外面應該比較好。要是被活埋，就要額外費點工夫逃離。」

二木舞衣一邊禁止建材氧化，藉以防止火焰延燒以及有毒氣體產生，同時以鎮靜的語氣如此提議。

「我贊成。這看來是相當大規模的自爆恐怖攻擊。」

三矢元在處於讓複數魔法待命的狀況下，附和舞衣的提議。

「居然是傀儡恐攻嗎！真過分……」

剛毅對至今還在持續的自爆攻擊所使用的手法大聲咂嘴。「傀儡恐攻」是將人類當成傀儡操縱的自爆恐怖攻擊。要將人類改造為傀儡，可以藉由魔法或藥物操作精神，或是以魔法搶走身體的控制權。

剛毅所感應到的氣息是遙控肉體的魔法。這種氣息在一樓門廳與各樓走廊緩緩移動，樓層越低就越多。

以一条家為首的「一」之魔法師擅長干涉生體的魔法，不過操控人體動作的魔法是禁忌。實際上就有打破禁忌而被貶為「失數家系」的例子。因此即使知道這是傀儡恐攻的手法，也沒辦法干涉並阻止。

「糟糕！」

八代雷藏察覺地板即將崩塌，便發動重力控制的魔法。他以飛行魔法根本比不上的廣範圍且強力的魔法抬起失去支撐力的地板。

「快走吧。」

所有人都點頭回應弘一這番話。十名魔法師將真夜、舞衣與溫子圍在中間，一起朝飯店外面前進。

一条剛毅朝著在走廊徘徊的人型炸彈使用「爆裂」。

「這不是自爆恐怖攻擊，是操作屍體在搬炸彈！」

炸掉屍體手臂以免炸彈引爆的剛毅，為手法比預料的更齷齪而憤怒大喊。

為了避免被崩塌的地板活埋，十師族的當家們決定從樓頂跳下來避難。他們一邊除掉頻繁出現的屍體炸彈客，一邊不斷上樓。

應付屍體炸彈速度最快的是三矢元與七草弘一。元的魔法技術「高速讀取」最多可以隨時讓九個魔法式待命，並且最多同時施展九種魔法；弘一的「八重唱」可以從四大系統八大種類的魔法當中各選一種維持在即將發動的狀態，並依照狀況自由選擇魔法使用。自走屍體因此無法越雷池一步。

偶爾來不及處理的屍體炸彈，便由克人以多重防壁魔法「連壁方陣」完美防禦。

在預防與應付地板崩塌時大顯身手的，是雷藏的重力控制魔法。

滅火的是溫子的熱量控制魔法。

二木舞衣除去有毒氣體。

真夜在熄火後的黑暗走廊中擔任手電筒的替代品。

五輪勇海與七寶拓巳完全沒有出面的餘地。

僅僅是讓人帶著炸彈發動的恐怖攻擊，不可能對他們造成死傷。

當家們早就已經察覺這一點了。

「這下應付媒體得花好一番工夫了。」

元一邊將屍體打成蜂窩，一邊抱怨。

「這應該無從掩飾了吧？」

溫子一邊消除火牆，一邊以死心的語氣回應。

「讓屍體搬炸彈的手法已經拍下來了……不過公開這種影片似乎會造成反效果。」

放棄出面援助而正在攝影的勇海，也同意溫子的看法。

「即使如此，我們故意受傷也沒意義。」

真夜的指摘引得雷藏聳了聳肩。

「在輿論降溫之前，我們就先躲起來吧。」

沒人反駁雷藏不知道是當真還是開玩笑的這番話。

西元二〇九七年二月五日星期二，上午十點三十分。

襲擊箱根的●●●●飯店的炸彈恐怖攻擊，最後造成了總共二十二人死亡、三十四人受傷的慘劇。

另外，據傳該飯店的客人有三十三人毫髮無傷，其中二十七人是魔法師。

魔法師只專注於自保的利己態度，引發了輿論的強烈批評。

（二〇九七年二月六日　〇〇〇報紙電子版）

後記

《魔法科高中的劣等生》第十七集〈師族會議篇〉上集，不知道各位的感想如何呢？這次幾乎沒有動作要素，不過相對的，我試著注入了滿滿的愛恨成分（假的）。

一對情侶成立的背後，並非總是會有數名男女落淚。我認為會祝賀「太好了呢」的人才是主流，而且就算不是這樣，心想「隨便你們自己湊成對吧」的人在世間也比比皆是。考量到成為情侶之後的生活，對於當事人來說，得到旁人祝福應該也是再好不過吧。

不過，建立在朋友、熟人或情敵的悲嘆上的情侶關係也不稀奇。在現實世界也確實存在這種狀況。而且在虛構世界中，這種狀況肯定才是主流。

只是，家長唆使孩子破壞已經成立的情侶……這種狀況又如何呢？作者本人都認為這是該在婚約成立之前做的事。不過以●●（避免洩漏劇情）的狀況來說，他是明顯有這個意願，所以當事人或許很感謝家長這樣安排吧。可惜感覺他完全來不及改變什麼了。

但○○○（避免洩漏劇情）應該覺得家長唯恐天下不亂吧。先不提她自己的真正想法。

雖然和預告的內容不太一樣，不過莉娜在劇中暌違一年再度登場了。她是很好寫的角色，所以我其實想再給她多一點戲分……但她目前還無法離開美國。因此這陣子即使會有戲分，應該也會是本集這樣的形式吧。真遺憾。

那麼，下一集是〈師族會議篇〉中集。和〈來訪者篇〉同樣分成上、中、下三集。某些內容也和〈來訪者篇〉相似。或許可以說是在遊戲《Out of Order》或《Lost Zero》中大家所熟悉的劇情鋪陳。

……再講下去好像會被罵「不准洩漏劇情」，所以敬請期待下一集〈師族會議篇〉中集。

（佐島 勤）

國家圖書館出版品預行編目（CIP）資料

魔法科高中的劣等生. 17, 師族會議篇 / 佐島勤
作；哈泥蛙譯. -- 初版. -- 臺北市：臺灣角川,
2016.03-
冊；　公分
譯自：魔法科高校の劣等生. 17, 師族会議編
ISBN 978-986-366-995-1(上冊：平裝)

861.57　　　　105001338

Kadokawa
Fantastic
Novels

魔法科高中的劣等生 17
師族會議篇〈上〉

（原著名：魔法科高校の劣等生17 師族会議編〈上〉）

2016年4月2日 初版第1刷發行
2022年3月15日 初版第5刷發行
作者：佐島勤
插畫：石田可奈
日版設計：BEE-PEE
譯者：哈泥蛙
發行人：岩崎剛人
總編輯：蔡佩芬
編輯：黎夢萍
美術設計：黃永漢
印務：李明修（主任）、張加恩（主任）、張凱棋
發行所：台灣角川股份有限公司
地址：104台北市中山區松江路223號3樓
電話：（02）2515-3000
傳真：（02）2515-0033
網址：www.kadokawa.com.tw
劃撥帳戶：台灣角川股份有限公司
劃撥帳號：19487412
法律顧問：有澤法律事務所
製版：巨茂科技印刷有限公司
ISBN：978-986-366-995-1
